D1725480

Mirjam Richner · Bettlägerige Geheimnisse

SAMMLUNG **ISELE**

Band 727

Mirjam Richner

Bettlägerige Geheimnisse

Vier Geschichten

Collection Montagnola · N° 24 / Klaus Isele Editor

für Elena

Die Buchreihe Collection Montagnola
wird von Klaus Isele herausgegeben

Herstellung und Verlag:
BoD – Books on Demand, Norderstedt
ISBN 978-3-7386-4978-9

Inhalt

Verleumdung

oder

Rost in den Augen,
Moos auf den Finken

an der baumgrenze
meines seins
sitze ich
und erkenne:
dem leben
schenke ich
den gedanken
dem tod aber
das gehirn

Die Ziege stand mitten auf der schlammigen Strasse und starrte mich aus verständnislosen Augen an. Ich senkte den Blick. Einige Meter entfernt schrie ein Baby, und wie als Antwort darauf erklang aus einer anderen Richtung ein trockenes, abgehacktes Husten.

Der Hauseingang war dunkel und stickig; der Geruch nach Fäkalien und Erbrochenem raubte mir den Atem. Ich presste meine Tasche an mich und versuchte, keinen der auf der Treppe sitzenden Menschen zu berühren. Auf dem fünften Treppenabsatz sass eine Frau, die mich anstarrte – ich erwiderte ihren Blick und schüttelte kaum merklich den Kopf. Als ich eine Stufe über ihr war, streckte sie blitzschnell die Hand aus und ergriff mein Fussgelenk. Mit einer ruckartigen Bewegung versuchte ich mich zu befreien, doch die Frau liess nicht los. Unangenehm klamm lagen ihre Finger auf meiner Haut. Der Griff einer Todgeweihten; wir wussten es beide. Ohne die Frau anzublicken, bückte ich mich und begann, ihre Finger einzeln von meinem Fussgelenk zu lösen. Sie gab einen Laut von sich, der mir die Tränen in die Augen trieb, und kippte dann – plötzlich kraftlos – zur Seite. Ich hastete die restlichen Stufen bis zu meinem Dachzimmer hinauf.

Mein Zimmer mass fünf mal vier Meter. Das Satteldach verhinderte jegliche effiziente Raumnutzung: Direkt unter dem Dachkamm war es mir möglich, aufrecht zu stehen, doch zu den beiden Seitenwänden hin verringerte sich die Raumhöhe bis auf einen halben Meter. Durch zwei Fenster fiel Licht in den Raum: durch das Dachfenster zu meiner Linken und durch eine kleine, vergitterte Öffnung auf Bodenhöhe zu meiner Rechten. Unter dem Dachfenster lag eine schmutzige Matratze. Manchmal, wenn der Nebel aufriss, konnte ich vor dem Einschlafen die Sterne sehen. An der Rückwand des Zimmers hing ein Spiegel, daneben stand eine hölzerne Truhe mit meinen Habseligkeiten.

Arno sprang auf, als er mich kommen sah. Er lachte, und wie immer schien dabei etwas in mir zu zerbrechen. Ich streichelte ihm über die schmutzige Wange. Zarte, weiche Kinderhaut. Verschwendet.

»Schau!« Er streckte mir zwei Äpfel entgegen. »Vom Markt.«

Ich hasste es, wenn er alleine stehlen ging. Zweifellos war er sehr flink und von einer unglaublichen Geschicklichkeit, doch tief in mir wurzelte der unlogische Gedanke, dass ihm diese Flinkheit abginge, wenn ich mich nicht in Rufweite befände.

Der Apfel in seiner rechten Hand war bereits schrumpelig und angefault, der andere wirkte knackig. Ich wollte nach dem verschrumpelten Apfel greifen, doch Arno zog die Hand rasch zurück.

»Nimm den anderen«, sagte er.

Ich schüttelte den Kopf. Arno zögerte kurz und reichte mir dann mit sichtlicher Erleichterung das angefaulte Obst.

Arno kniete vor der Fensterluke und starrte auf den Hafen hinunter.

»Sie bringen Neue«, flüsterte er. Ich kauerte mich neben ihn.

Eine endlose Kolonne abgemagerter, schmutziger Wesen, schwankend vor Erschöpfung. Ich fragte mich, wo das Menschsein aufhörte und was hinter dieser Grenze lag. Schweigend schauten wir diesen elenden Gestalten zu – jeder ihrer Schritte schien ein Kampf zu sein, schmerzend in seiner Aussichtslosigkeit. Die Gefangenen wurden auf Schiffe getrieben. Bewegten sie sich zu langsam, schlugen die Soldaten mit ihren Gewehrkolben zu. Wer fiel, wurde brutal wieder auf die Füsse gerissen. Oder erschossen, wenn er zu alt oder zu jung war. Manche der Soldaten hatten schöne, noble Gesichter.

»Wir müssen nicht hinschauen«, sagte ich.

»Ich sehe sie auch durch die geschlossenen Lider hindurch«, sagte Arno. Ich hasste Phantasie. Rasch zog ich Arno von der Luke weg und sprach:

»Es reicht nicht, die Augen zu schliessen. Man muss das Gehirn schliessen. Irgendwie.«

Er nickte und fuhr sich mit der Hand über das Gesicht. Dann zog er ein Fläschchen voller Ameisen aus seiner Hosentasche und trat damit zum Marmeladenglas, um die Kammspinne Lynn zu füttern. Mit ihrem Biss hatte sie meine Grossmutter getötet. Weshalb ich die Spinne weiterhin in meiner Nähe behielt, war mir nicht klar. Vielleicht war es die Hochachtung vor ihrer Fähigkeit, trotz der Schuld weiter zu existieren. Ihre Fähigkeit, so zu tun, als sei das eigene Leben durch den Mord nicht verkümmert.

Ich liebte Arno – und zugleich liebte ich die Momente seiner Abwesenheit. Das Alleinsein in seiner ganzen Pracht. Ich entkleidete mich und stellte mich vor den Spiegel.

Meine Füsse waren in Ordnung. Wenn ich mich so hinstellte, dass sich die Fussknöchel berührten, berührten sich auch die Oberschenkelinnenseiten ganz sachte. Die Taille war schmal, die Brüste klein. Auf der leichten Wölbung des Bauches sassen vier Muttermale nahe beisammen: eine Familie dunkelbrauner Punkte; jeder Punkt ein bisschen anders geformt und den andern doch zum Verwechseln ähnlich.

Es gibt verschiedene Arten von Hübschsein. Es gibt zum Beispiel das aufregende, erotische Hübschsein. Oder das kindliche, unschuldige Hübschsein. Oder – und so war ich – das brave, beinahe schon langweilige Hübschsein, ganz dicht vor dem Abrutschen ins Gewöhnliche.

Die Haare waren schön; ein glatter, pechschwarzer Strom bis zu den Ellenbogen.

Manchmal stellte ich mich auch mit dem Rücken zum Spiegel hin und versuchte, so weit wie möglich über die Schulter zu blicken. Über dem Gesäss waren zwei kleine Kerben; ich fragte mich, ob alle Menschen diese beiden Einbuchtungen besassen.

Dieses Betrachten vor dem Spiegel war meine Zelebrierung des Menschseins: So war ich ohne Kleider. Ohne die sichtbare gesellschaftliche Entartung, einfach so. Ein junger Mensch. Ich dachte mir, dass sich das Menschsein zu oft anfühlte wie ein schwerer, mit allerlei Metall und Steinen verzierter Mantel. Man konnte kaum einen Schritt auf einen andern zugehen, ohne unter dem Gewicht des Mantels zu taumeln.

Ich öffnete die Truhe, holte frische Kleider hervor und zog sie an. Die schmutzigen Kleider würde ich später mit denjenigen von Arno im eiskalten Wasser des Flusses hinter den Wohnblöcken waschen. Zuunterst in der Truhe sah ich etwas Rechteckiges liegen, ich griff danach: ein Buch von Tolkien. »Das Silmarillion«. Noch nie zuvor hatte ich dieses Buch gesehen, Arno musste es vor kurzem gestohlen haben. Aber Arno konnte nicht lesen.

»Ich wollte nicht…« Arnos Stimme liess mich herumschnellen. Ich fragte mich, wie lange er schon dagestanden hatte.

»Ich wollte das Buch eigentlich nicht. Was soll ich damit? Aber ich dachte mir, vielleicht könntest du mir daraus…«

»Ich bin froh, dass du es genommen hast«, sagte ich. Ein Kind, das nicht lesen kann und ein Buch stiehlt.

»Warum? Eigentlich hab ich nur zugegriffen, weil es gerade da lag. Aber ich kann alleine nichts damit anfangen.«

»Bücher sind heilig«, sagte ich und setzte mich auf den Boden. Arno zog rasch die Tür zu und setzte sich mir mit unterschlagenen Beinen gegenüber.

»Heilig?«

»Vor dem Krieg hatten wir viele Bücher. Meine Eltern besassen ganze Regale voll davon, auch meine Geschwister und ich.« Es kam mir vor, als lägen Milliarden von Jahren zwischen damals und heute.

»Erzähle mir deine liebste Geschichte«, bat Arno.

Ich dachte an Kafka. Beim Lesen hatte jeder seiner Sätze in mir Ekel und Erheiterung zugleich geboren, ein irrer Tanz des Ambivalenten, das mit langen, gekrümmten Fingernägeln am Hirn zu kratzen gepflegt hatte. Jedes Wort hatte mich angesprungen, sich in meine Augäpfel verkrallt, bis sie geblutet hatten und danach endlich zu einer völlig neuartigen Qualität des Sehens befähigt gewesen waren.

»Wenn ich einen Wunsch frei hätte«, sagte ich zu Arno, »so würde ich mir einen Spaziergang mit Kafka wünschen.«

Arno schwieg.

»Ich würde ihn nicht über seine Texte ausfragen, vielmehr würde ich mit ihm über Alltäglichkeiten sprechen. In der tröstlichen Gewissheit, dass ich nach dem Gespräch mit

ihm seine Texte noch weniger verstehen würde. Aber mit einem, der schreibt, darf man nie über seine Texte sprechen. Man macht sie dadurch nur unnötig klein und lesbar.«
»Ich verstehe dich nicht«, sagte Arno.

Ich erzählte Arno Kafkas Geschichte »Die Verwandlung« aus der Erinnerung. Nur, dass ich Gregor Samsa zuerst einen Käfer und dann einen Menschen sein liess.

»Wie findest du heraus, wie ein Mensch ist?«, fragte Arno. Er bohrte in der Nase und formte den Fang zwischen Zeigefinger und Daumen zu einem kompakten Kügelchen.

»Innerlich«, sagte ich, »ist der Mensch wie ein endloser Strand. Ich weiss nicht, welcher Strandabschnitt seine geistige Einheit am besten repräsentiert. Ich weiss nicht einmal, wie viel Sand ich von ihm nehmen und an meinen eigenen Strand tragen darf. Auch kann ich nicht abschätzen, was mir mit jedem herunterfallenden Korn entgeht. Trotzdem… Immer vergrabe ich wahllos die Hand im Sand eines anderen, balle sie zur Faust und sage mir, der Sand in meiner Faust sei dieser andere Mensch – selbst dann noch, wenn mir alle Körner entronnen sind und meine Hand wieder leer ist. Oder selbst wenn der Sand des andern ununterscheidbar in der Sandwüste meines eigenen Seins liegt.«

Arno streckte sich auf dem nackten Fussboden aus und starrte an die Decke.

»Vielleicht«, sagte er, »vielleicht hat nach der Geburt noch gar niemand seinen eigenen Sand. Vielleicht ist jeder als Kind leer und beginnt dann, diese Leere mit Körnern aus den Sandstränden anderer zu füllen.«

Das Denken als die neuartige Kombination aus bereits Bestehendem. Ich wusste nicht, ob mir dieser Gedanke gefiel. Er implizierte, dass es das vollkommen Neue in Gedanken und im Sein nicht gäbe.

»Ich finde heraus, wie ein Mensch ist«, sagte Arno, »wenn ich ihm einen für mich und ihn wertvollen Gegenstand leihe und diesen Gegenstand wieder unbeschädigt zurückerhalte. So einfach.« Er lachte und strich den Popel an den Hosen ab.

Jemand hatte Arno einige Jahre aus dem Leben herausgeschnitten. Seit bald zwei Jahren versuchte ich die ausgefransten Enden, die dieses Loch umgaben, sorgfältig miteinander zu verknoten.

Ich war achtzehn und Arno zwölf.

»Ich schäme mich«, sagte Arno.

Ich öffnete die Augen. Bis jetzt hatte ich wach gelegen und auf den Schlaf gewartet.

»Ich schäme mich, weil ich im ersten Moment keine Trauer empfand beim Tod meiner Eltern und meiner Schwester. Ich hatte Angst vor dem eigenen Sterben. Die anderen waren mir egal. Ich war ihrer Liebe nicht würdig.« Arnos Stimme klang hohl.

»Sei nicht so melodramatisch«, sagte ich. Ich spürte die Nässe meiner Tränen an der Wange und am Hals. Arno erhob sich von der Matratze und kniete an die Luke.

»In der Nacht könnte man meinen, der Hafen sei geheimnisvoll. In diesem positiven Sinne, weißt du?«

»Was ist dein grösster Wunsch? Abgesehen vom Spaziergang mit Kafka?«, hob Arno nach einer Weile von neuem an.

Ich wünschte mir, in ein Boot steigen zu können und aus eigener Kraft so weit zu rudern, bis ich um mich herum nur noch Wasser sähe. Dann gelänge es mir vielleicht, mich zu entrümpeln und ganz neu einzurichten. Was danach käme, wäre irrelevant.

»Gebratenes Huhn«, sagte ich.

»Schokolade«, sagte er. Die Lüge schmerzte mich. Leben mit Arno war wie das Gehen in Schuhen, die zu eng waren. Aber zugleich zu schön, um nicht getragen zu werden.

15

»Lass uns an den Hafen hinunter gehen«, schlug ich vor. Manchmal fragte ich mich, wie es wäre, wenn Arno und ich je fünfzehn Jahre älter wären. Die Bedeutsamkeit von Altersunterschieden scheint mit zunehmendem Alter zu schrumpfen.

Wir schlichen leise die Treppe hinunter und wichen gekonnt den knarrenden Stufen aus. Dann standen wir am Quai und starrten auf das Wasser, das die Farbe von blauer Tinte hatte. Wir waren die einzigen Menschen weit und breit.

»Wie ruhig es da liegt«, sagte Arno.

Eine Enklave. Ein Gärtchen Eden mitten in der Hölle.

Als ich Arno vor knapp zwei Jahren zum ersten Mal durch mein kleines Fenster gesehen hatte – von Kopf bis Fuss dreckverkrustet, gebeugt wie ein alter Mann und keuchend unter den Hieben –, verlor ich mich in mir selbst. Ich rannte auf die Strasse und fiel seinen Peiniger an, schlug immer und immer wieder mit einem Metallrohr auf den Kopf des Soldaten ein. Der erste Schlag klang, als bräche Holz auseinander, die nachfolgenden Schläge waren dumpfer, endgültiger. Der Soldat lag auf dem Boden, sein Blut vermischte sich mit Schlamm. Regen floss über seinen Körper und wusch eine unversehrte Stelle unter dem Wangenknochen frei. Die Haut sah im Licht des Mondes gespenstisch weiss aus. Trotz der Kälte war mir heiss.

In jenem Moment hatte Arno seine gebeugte Haltung verloren. Er mutierte innert Sekunden vom Greis zum Kind. Äusserlich.

»Ich wusste nicht, dass es so schnell geht«, sagte er und wies vage auf den im Schlamm liegenden Körper.

»Ich auch nicht.«

Ich zog den Soldaten an den Stiefeln einige Meter weit bis an den Rand des Hafenbeckens und liess ihn mit einem Tritt über die Kante rollen. Als ich den Kopf hob, sah ich, wie Arno mit den nackten Füssen das Blut des Soldaten im Schlamm verteilte. Er lächelte mich an und sagte:

»Ich bin Arno.«

In jener Nacht liess ich Arno in meiner Dachkammer schlafen mit dem Entschluss, ihn bei Tagesanbruch wegzujagen. Doch als ich von dem matten, kränkelnden Licht, welches durch das Dachfenster fiel, geweckt wurde, war Arno bereits weg. Er blieb zwei Wochen fort.

Unterdessen wurde die Leiche im Hafenbecken entdeckt, und die Soldaten verprügelten jeden, der sich auf der Strasse blicken liess, mit unbeteiligtem Gesichtsausdruck, als wären ihr Körper und ihr Geist Einzelstücke aus zwei verschiedenen Puzzlespielen.

Nach exakt vierzehn Tagen stand Arno wieder vor meiner Wohnungstür. Er trug neue Kleider, die ihm jedoch viel zu gross waren und mit der stets gleichen Geste am Verrutschen gehindert werden mussten. Er streckte mir eine metallene Haarspange mit einigen Rostpünktchen entgegen und fragte:

»Darf ich bei dir wohnen?« Seine Fingernägel waren kurz und schmutzig. Ich lächelte.

Es gelang mir, mich vom Anblick des Wassers loszureissen.

»Ich würde gerne zur Schule gehen wie die Kinder der Reichen«, sagte Arno. Ich schluckte.

»Ich werde dir das Lesen beibringen«, sagte ich und wusste, dass ich es nicht tun würde. Er nickte. Ich hatte die Schule immer gehasst. Vielleicht weil ich die Möglichkeit gehabt hatte, sie zu besuchen.

Ein Rascheln erklang, und wir schnellten herum. Eine fette Ratte verschwand unter dem fauligen Holz eines auf dem Quai liegenden Bootes. Ich wandte mich wieder dem Meer zu. Der Mond hatte glitzernde Streifen auf dem Wasser hinterlassen – als hätte er mit silbern geschminkten Lippen das Nass geküsst.

»Ich habe Fernweh«, sagte ich. Ich sehnte mich unendlich nach Ländern, die ich nie gesehen hatte und die wohl nicht existierten, nach mir fremden Tieren und Pflanzen, nach einem unbekannten Klima. Nach Neuheit, nach dem Unverbrauchten.

»Warst du mal irgendwo, wo du wieder hin willst?«, fragte Arno.

Im Mutterleib. Urlaub direkt an der Plazenta.

»Nein.«

Die Haut unter den Augen war hauchdünn. So wie die Flügel eines Schmetterlings. Ich konnte die Äderchen sehen. Ich hatte einmal gelesen, dass Schmetterlinge ihre Fähigkeit zu fliegen verlieren, wenn man ihre Flügel berührt. Ob dies stimmte, wusste ich nicht, ich wusste nur, dass Arno zerreissen würde, wenn ich ihn jetzt streicheln würde. Sein Gesicht war ausgezehrt, irgendwie lodernd, tief, intensiv.

Arno fröstelte. Ich packte ihn am Arm, und wir gingen wieder in den engen Hausflur. Auf dem obersten Treppenabsatz trat Arno in einen Nagel. Er sog mit einem scharfen Laut die Luft ein, dann starrte er mich an, und ich sah Endgültigkeit in seinen Augen. Ich schüttelte den Kopf, schlang meine Arme um Arnos Taille, hob ihn einige Zentimeter vom Boden, schaffte es irgendwie, mit dem Ellbogen die Tür zu öffnen, und hievte Arno bis zur Matratze in unserem Dachzimmer. Dort angekommen liess ich ihn zu Boden gleiten und schaute mir im Licht einer Kerze die Wunde an. Sie war weniger tief, als ich erwartet hatte.

Am 4. Oktober war ich überzeugt, dass Arno sterben würde. Er lag seit Tagen auf der Matratze, atmete keuchend, wälzte sich unruhig hin und her und phantasierte. Er sprach oft mit vor Angst bebender Stimme von einem alten Mann mit langem, weissem Bart, der ihn holen würde.

Arnos Fuss war geschwollen. Er brauchte Antibiotika. Wir hatten kein Geld.

»Wo willst du hin?«, fragte Arno kaum hörbar, als ich mich von meinem Platz neben seinem Krankenlager erhob. Ich war überrascht, dass er die Bewegung in seinem Zustand überhaupt wahrgenommen hatte.

»Antibiotika holen.«

»Wie zahlen?« Er hustete, kam dann wieder zu Atem. Seine Haare waren fettig und rochen nach totem Fisch.

»Lass das meine Sorge sein«, sagte ich und verspürte plötzlich ein klammes Gefühl.

»Verlass mich nicht!«, brüllte Arno unvermittelt mit einer Kraft, die ich ihm nicht zugetraut hätte. Er setzte sich auf. Seine Augen waren von brodelnder Schwärze.

»Wenn du jetzt gehst, werde ich vielleicht nie wieder zurückkommen«, sagte er. Ich wandte rasch den Kopf ab.

»Reiss dich zusammen, ich bin ja gleich zurück«, sagte ich hart. Arno schwieg. Als ich ihn wieder anblickte, sah ich, dass er auf die Matratze zurückgesunken war und so reglos dalag, als sei er bereits tot. Ich trat wieder an sein Lager und blickte auf sein Gesicht nieder. Arno hatte diese kleine, sichelförmige Narbe am Kinn. Ich wusste nicht, woher sie stammte. Vieles aus seinem Leben hatte Arno mir nie erzählt, und das fand ich fair. Schlimme Dinge sind nur noch dunkle Ahnungen in der Dämmerung, wenn die Nahestehenden sie nicht wissen.

Die eigene Geschichte ist wie eine Nabelschnur. Gespannt zwischen Leben und Tod. Fraglich ist nur, welcher Teil welchen nährt.

Ein alter Mann mit langem, weissem Bart. Wie ein Nikolaus, der statt Geschenke zu bringen das Kind nimmt und ein schwarzes Loch zurück lässt, das meine Gefühle einsaugt.

»Und wie zahlen?«, fragte der Apotheker und starrte mich argwöhnisch an. »Mit einem Goldzahn? Einer alten Silberkette? Einer Uhr? Oder gar«, hier versprühte der Alte einige Geifertropfen, »mit einem Hasenbraten?«

Ich schüttelte den Kopf. Unwillkürlich dachte ich an Till Eulenspiegel, der bei einem seiner Streiche einem Bauern eine in ein Hasenfell eingenähte Katze verkauft hatte.

»Ich habe nichts.«

»Ich muss auch an mich denken«, sagte der Apotheker. »Ich habe Frau und Kinder. Ich kann hier nicht den Heiligen spielen. Da könnte ja jeder kommen und etwas verlangen.«

»Aber Arno stirbt, wenn er die Antibiotika nicht kriegt!«

»Dann stirbt er eben. Es sei denn...« Der Alte machte eine Pause.

»Was?«

»Du hast doch etwas.« Er lächelte und zeigte mir ein Gebiss voller fauliger Zähne. Ich prallte zurück. »Du bist irgendwie – schön.« Dieses Zögern.

Ich hatte damit gerechnet. Und den Entschluss hatte ich schon Stunden zuvor gefasst. Ich würde meinen Geist ausschalten, so schlimm konnte es nicht sein. Der Apotheker trat auf mich zu. Er berührte mit seiner rauen Rechten meinen Hals und grunzte.

»Schau sich einer diese Haut an.«

»Du widerst mich an«, sagte ich und spürte, wie mir der ruhige, sachliche Klang meiner eigenen Stimme Kraft gab.

»Hexe«, sagte der Alte.

Einige Zeit später verliess ich mit einer Packung Antibiotika die Apotheke. Ich hatte dem Apotheker eine in Menschenhaut eingenähte Seele verkauft. Ich hasste mich.

Das Poltern an der Tür riss mich aus dem Schlaf. Ich fuhr aus meiner zusammengekrümmten Haltung an Arnos Lager hoch. Der Mond warf schwaches Licht durch die Fenster und tauchte alles in Grau- und Blautöne. Ich erhob mich und trat eben an die Tür, als diese von erneuten Tritten erschüttert wurde. Arno bewegte sich und murmelte einige unverständliche Worte. Ich drehte den Schlüssel und drückte die Klinke nieder. Jemand strahlte mir mit einer Taschenlampe ins Gesicht, dann wurde ich grob zur Seite gestossen.

Vier Soldaten traten ins Zimmer, allesamt gross, breitschultrig, eine Aura von Brutalität verstrahlend. Meine Hände wurden eiskalt. Derjenige mit den buschigen Augenbrauen leuchtete Arno ins Gesicht, dann trat er auf den liegenden Knaben zu und stiess ihn mit der Stiefelspitze grob an.

»Er ist krank«, sagte ich leise.

»Schnauze«, sagte einer der vier.

»Aufstehen«, herrschte der Augenbrauen-Typ Arno an. Arno stöhnte und versuchte das Gesicht aus dem Lichtstrahl zu drehen.

»Aufstehen«, brüllte der Soldat nun und trat kraftvoll nach Arno. Ich schrie auf und spürte, wie sich eine Hand um meinen Oberarm schloss und mich zurück riss.

Arno öffnete die Augen, blinzelte, stützte sich auf die Ellbogen. Er blickte die Soldaten und mich verwirrt an, dann erhob er sich. Er hielt den Hals nach vorne gereckt, da er unter der Dachschräge stand. Der Kopf berührte beinahe die Decke. Arnos Haltung erinnerte mich an einen Heiligen, welcher demütig der Erhörung seiner Gebete harrt. Arno hatte abgenommen, erst jetzt fiel es mir auf.

Der Augenbrauen-Typ leuchtete mit der Taschenlampe noch immer direkt auf Arno.

»Wie alt bist du?«, fragte er.

»Er ist zwölf«, sagte ich.

»Wie alt bist du?«, fragte der Soldat erneut. Lauter.

»Zwölf«, flüsterte Arno.

»Name?«

»Arno.«

»Arno und?«

21

»Arno Barnes.«

»Okay Arno-zwölf, in zwei Jahren kommen wir wieder und holen dich. Dienst am Vaterland, Arney-Barney, klar? Jeder junge Mann macht da mit.«

»Sagt wer?« Arnos Stimme war ganz leise und dennoch deutlich vernehmbar. Mein Herzschlag setzte aus. Einige Sekunden lang war es totenstill in dem Zimmer.

»Truppenführer Mitchell, Arney.« Herodes und Hitler in Personalunion, dachte ich.

Der Augenbrauen-Typ versetzte Arno einen harten Schlag gegen die Schulter, so dass Arnos Kopf an die Dachschräge knallte und der Knabe mit einem erstickten Laut auf die Matratze fiel. Dann zückte der Soldat einen Schreibblock, notierte sich etwas und steckte anschliessend Stift und Block wieder ein.

»Bestandsaufnahme. Bist du in zwei Jahren nicht mehr da, suchen und töten wir deine ganze Rattenfamilie und sparen uns dich für den Schluss auf. Klar?« Schon passiert, dachte ich.

Der Griff um meinen Oberarm löste sich. Einer der Soldaten warf mir einen verachtenden Blick zu, dann marschierten die vier nacheinander aus dem Dachzimmer. Kaum waren sie draussen, schlug ich die Tür zu und drehte den Schlüssel. Die trampelnden, schweren Schritte im Treppenhaus hörte ich durch das Holz hindurch. Ich lehnte mich mit dem Rücken an die Tür und rutschte langsam in die Hocke.

»Sie sind weg.« Arnos Stimme klang geisterhaft.

»Alles okay bei dir?«, fragte ich.

»Dienst am Vaterland!« Arno begann zu kichern. Ein eisiger Schauer rann mir über den Rücken.

»Am Vaterland! Mein Vater war keiner von hier.« Das Gefühl überkam mich, zur falschen Zeit am falschen Ort geboren worden zu sein.

Arnos Lachanfall schlug in ein Keuchen um. Schliesslich beruhigte sich sein Atem.

»Eher sterbe ich«, sagte er laut in die Dunkelheit.

Ich fragte mich, ob die Hände des Mannes mit dem langen, weissen Bart genauso rau waren wie diejenigen des Apothekers.

Arno ass den Brei gierig und leckte sich die Finger ab. Ich versuchte, nicht an all die Bakterien zu denken.

»Du musst die Antibiotika nehmen, bis die Tabletten alle sind. Sonst werden die Viecher in dir immun oder so und die Infektion kommt wieder«, sagte ich. Arno nickte und biss in den Apfel.

Zwischen zwei Bissen fragte er mich:

»Und das Geld?«

»Welches Geld?«

»Für die Antibiotika.« Unter Arnos Augen lagen Schatten.

Ich wollte lügen, aber mein Hals fühlte sich plötzlich rau an.

Diese hässlichen, haarigen Hände.

»Ich will es wissen.« Quengelig. Er war auf dem Weg der Genesung.

»Es ist unwichtig.«

»Geklaut? Oder stehst du bei dem Alten in der Kreide? Oder hast du ihn gelinkt?« Lachend.

Ich schüttelte den Kopf und sagte: »Ja.«

Arno wischte sich einige Tropfen Fruchtsaft vom Kinn, dann sagte er ernst:

»Du bist irgendwie schön.« Nur mit Mühe unterdrückte ich einen Aufschrei.

»Ich muss gehen«, sagte ich heftig, stand auf und wandte mich zur Tür.

»Warte.« Arno liess den Apfel fallen und sprang auf. Ich drehte mich zu ihm um.

»Er hat dich berührt.« Es war keine Frage, obwohl der Tonfall verwundert klang. Tränen schossen mir in die Augen.

Arno begann zu keuchen. Sein Gesicht verlor jegliche Farbe.

»Ich werde das Schwein töten, ich werde, ich werde. Ich. Werde. Das. Schwein. Töten. Ich schwöre!« Seine Stimme bebte vor Zorn. Ich riss die Tür auf, flüchtete ins Treppenhaus, nahm mehrere Stufen auf einmal. Die Frau sass wieder auf der Treppe und blickte ausdruckslos zu mir hoch, als ich an ihr vorbei hastete und dabei ihre Schulter streifte. Seltsame Geräusche kamen aus meinem Hals; sie klangen wie ein Weinen in völliger Trockenheit. Ein Sandsturm in meiner Kehle.

»Ich hasse mich!«, hörte ich Arnos Stimme durch das Haus hallen. Ich legte die Hände über die Ohren. Im Kopf echote eine Stimme: ich hasse mich ich hasse mich ich hasse mich ich hasse mich hasse mich hasse mich mich mich mich

mein körper am quai
mein geist ausser sichtweite
ein schiff
im sturm
das heck ist
der bug
der anker ist
das segel
verachtung
meutert mein sein
ich suche
paradiese
ich finde
parasiten

ich werde
gebissen
von der
schlange

raue hände
stehlen früchte
von meinem baum
meinem einzigen

die seele
im menschenpelz
ich bin durchbohrt
im hirn
am fleisch
getroffen
bis ins innerste
für immer

das vergangene
pflanzt sich in jeder sekunde
in mir fort
wird zum ewig gegenwärtigen
zum zukünftigen

krieg
in meinen augenhöhlen
lasst mich erblinden
damit ich
nach innen
schauen kann
dort
wo das licht
schatten gebiert

warum
bin ich stumm
gib zurück
das kleine
unendliche

ich kotze
ich klotz

ich sehe alles
und siehe:
es war schlecht

Ich sah, wie Arno den Wohnblock verliess. Er hielt den Kopf gesenkt und ging schnell. Mit der Linken hinderte er seine Hose am Rutschen, in der Rechten trug er einen eingewickelten Gegenstand, den er an die Brust presste.

Ein Kind. Mein Kind. Mein Bruder, mein Freund. Mein einziger Mensch. Eines Tages würde er erwachsen sein.

Seine nackten Füsse verschwanden im Schlamm; hoffentlich würde er daran denken, sie zu waschen, bevor er in unser Zimmer kommen würde.

Ich folgte Arno und brauchte dabei nicht einmal besonders vorsichtig zu sein; er schien sein Umfeld nicht wahrzunehmen. Er würde den Apotheker töten, heute, ich wusste es. Ich lächelte.

Arno blieb vor der Apotheke stehen, und ich fühlte einen Stich im Herzen. Endlich trat er über die Schwelle, und die kleine Glocke erklang: ein potentieller Kunde. Ich trat ans Ladenfenster, legte die Hände an die Scheibe und starrte ins Innere der Apotheke. Mein Atem beschlug das Glas, und ich musste dann und wann mit dem Ärmel darüber wischen.

Der Apotheker trat Arno entgegen und entblösste faulige Zähne. Arno wandte mir den Rücken zu; ich konnte seine Mimik nicht sehen, auch hörte ich nicht, ob er etwas sagte. Plötzlich senkte Arno den rechten Arm – bestimmt hielt er ein Messer in der Hand – , zog ihn mit einer ruckartigen Bewegung ein wenig nach hinten, machte zugleich einen Schritt auf den Apotheker zu und stiess den Arm mit einer ebenso abrupten Bewegung nach vorne und gleichzeitig nach oben. Der Apotheker erstarrte, taumelte dann in Arnos Arme. Dieser fing den Sturz des Alten mit seinem eigenen Körper auf. Über Arnos Schulter hinweg blickte mich der Apotheker an, die Brauen hoben sich, die Augen wurden gross und wirkten verletzlich. Ich lächelte, während mir die Tränen über die Wangen rannen. Ich drehte mich um und rannte durch die Strassen, rannte an unserem Wohnblock vorbei, rannte durch Gassen, die ich nicht kannte, und blieb erst stehen, als ich glaubte, mein Herz würde zerspringen. An eine Hausmauer gelehnt, die Hände auf den Oberschenkeln abgestützt, versuchte ich, wieder zu Atem zu kommen.

Irgendwo in der Ferne hörte ich Musik aus einem Leierkasten. Ich folgte dem Klang und stand plötzlich in einer Gasse voller Menschen. Überall waren Verkaufsstände mit Obst, Gemüse, Brot, Fisch und Fleisch aufgebaut worden; mancherorts wurden auch Kleider, bunte Schals und Schmuck verkauft. Ich wusste nicht, wo ich mich befand – dies war nicht der Markt, den Arno und ich für unsere Diebestouren aufsuchten.

Der dunkelhäutige Leierkastenmann stand etwas abseits des Getümmels und drehte mit geschlossenen Augen an der Kurbel. Die Musik gefiel mir nicht. Ich trat an den Leierkasten heran, blieb stehen und hörte einige Minuten zu.

Als der Mann die Augen öffnete, sah ich, dass sie von einem milchigen Schleier überzogen waren. Er nahm die Hand von der Kurbel.

»Gefällt dir die Musik?«

Ich wandte mich rasch um, um zu sehen, ob da noch einer sei, den der Blinde gemeint haben könnte. Dann schüttelte ich den Kopf und wurde mir im selben Augenblick der Sinnlosigkeit dieser Geste bewusst.

»Hm? Gefällt sie dir?«

»Nein.«

Der Blinde lachte. »Mir auch nicht.« Die Stimme klang heiser. Sie gefiel mir.

»Warum spielen Sie sie dann?«

Der Blinde zuckte mit den Schultern.

»Irgendwer muss es ja tun.«

»Aber es hört Ihnen doch keiner zu. Die sind alle mit Einkaufen und Klauen beschäftigt. Keiner steht hier bei Ihnen.«

»Du schon.«

»Aber nur per Zufall«, erwiderte ich.

»Nein, wegen der Musik. Wenn ich nicht gespielt hätte, wärst du nicht stehen geblieben. Vielleicht gar nicht erst hierher gekommen.« Der Blinde seufzte.

Nach einer Weile sagte er:

»Du hast geweint.«

»Ist das so offensichtlich?«, fragte ich und wischte mir über die Wange.

»Ich höre es an deiner Stimme«, erwiderte der Leierkastenmann.

»Ich habe einen Fehler gemacht«, sagte ich.

»Die machen wir alle.«

»Aber nicht so grosse.«

»Nicht Grösse oder Gewicht von Fehlern sind entscheidend. Entscheidend ist, wie wir in Gedanken damit umgehen. Manche Fehler werden nämlich erst in unseren Gedanken unendlich gross und gewichtig.«

»Ich habe meinen Körper hergegeben. Gegen Antibiotika. Etwas von mir gegen Materielles.« Ich spürte, dass die Tränen gleich wieder kommen würden.

»Und mit den Antibiotika? Damit hast du Leben gerettet. Hast du oder hast du nicht?«

»Hab ich.«

»Dann hast du deinen Körper hergegeben gegen ein Menschenleben. Nicht gegen Materielles. Ob der Tausch es wert war, liegt nun an dir. Du kannst dich zum Beispiel innerlich auffressen lassen und so dein eigenes Leben verlieren.«

»Oder?«

»Oder«, sagte der Blinde, lächelte, schloss die Augen und begann wieder an der Kurbel zu drehen.

Arno zog sich auf die Mauer, und sein Gewicht verschwand von meinen Schultern. Ich trat einige Schritte zurück, nahm Anlauf, sprang hoch, bekam den Mauersims zu fassen und schaffte es knapp, mich ebenfalls hinauf zu ziehen. Arno grinste.

»Wie eine Heuschrecke auf Crack.«

»Danke«, sagte ich.

Mein Blick fiel auf das Anwesen, und mir stockte der Atem. Es war wunderschön; eine Villa mit grossen Fenstern, breiter, geschwungener Treppe vor dem Hauseingang und Obstbäumen in einem perfekt gepflegten Rasen. Der Hausmauer entlang blühten rote und weisse Rosen in vollendeter Pracht, und links und rechts des gekiesten Gartenweges waren Blumen gepflanzt, deren Namen ich nicht kannte. Ich stellte mir vor, wie ich in einem sportlichen Kleid die Treppe hinabtrat, lachte und die Schlüssel meines Fords aus der Handtasche kramte, um –

Arno stiess mich so hart in die Rippen, dass ich von der Mauer fiel und im Rasen landete.

»Du hättest eben dein Gesicht sehen sollen!«, kreischte

er, sprang von der Mauer und landete wesentlich eleganter als ich.

»Zwetschgenernte ist angesagt!«, rief er.

Wir kletterten auf die Bäume, schnallten unsere Jutesäcke vom Rücken, hängten sie uns vor den Bauch und begannen sie mit Obst zu füllen. Das Villenviertel war seit einigen Tagen unser neues Jagdrevier – viel ergiebiger als der Markt, aber auch wesentlich gefährlicher. Letzte Woche hatte ein stinkreicher Schnösel (mit jeder Menge Gel im Haar und einem Paar pinkfarbener Crocs) mit einer Flinte auf uns gezielt, und wir hatten unsere Exkursion frühzeitig abbrechen müssen. Dieses Anwesen hier gehörte einem betagten Ehepaar, wir rechneten deshalb mit weniger Gegenwehr.

Unsere Säcke waren bereits halb voll, als ich aus den Augenwinkeln eine Bewegung wahrnahm: Ein alter Mann war aus dem Haus getreten. Ich begann heftig zu winken.

»Was machst du da?«, zischte Arno.

»Stell dir vor, es wäre unser Grandpa. Wir wären zu Besuch und – und gleich käme vielleicht noch Grandma raus und würde uns rufen, weil die Apfelstrudel fertig wären. Wir würden reingehen, uns alle an den Tisch setzen und könnten – «

»Du spinnst.« Arno begann zu kichern. »Schau mal, so geht das!« Er sprang vom Ast, landete im Rasen, schnallte den Jutesack ab, hob ihn in die Höhe und rief:

»Hey, alter Furz! Leckere Zwetschgen hast du da! Nur schade, dass die Vögel immer alles wegpicken!« Dann drehte er sich blitzschnell um, sprang an der Mauer hoch, setzte die Füsse auf eine vorstehende Unebenheit und schaffte es tatsächlich, sich und seine Beute auf den Sims zu hieven.

Langsam stieg ich vom Baum; meine Knie fühlten sich kraftlos an. Der alte Mann stand wie eine Statue da und blickte uns an.

»Entschuldigung«, sagte ich leise und dann – weil ich mir sicher war, dass er es nicht gehört hatte – etwas lauter: »'Tschuldigung.« Es fühlte sich an, als wäre es mir endlich gelungen, meine Füsse aus dem Morast zu ziehen. Ich rannte auf die Mauer zu, schwang Arno meinen Jutesack entgegen und kletterte hoch. Als wir uns auf der anderen Seite herunterfallen liessen, bekam ich einen Lachanfall. Arno stimmte ein.

»Du hast gewinkt wie eine Geisteskranke«, keuchte er, ahmte mein Winken nach und warf sich lachend ins Gras am Strassenrand.

»Alter Furz!«, flüsterte ich, völlig atemlos vor Lachen. Ich griff in den Jutesack, holte eine Zwetschge hervor und warf sie auf Arnos Brust.

»Friss, du alter Furz«, japste ich und liess den Sack fallen.

Irgendwo weit weg drehte der Leierkastenmann an der Kurbel. Weitermachen, immer weitermachen. Klänge erzeugen.

»Findest du es okay, einen Menschen zu töten?«, fragte Arno.

»Kommt drauf an.«

»Worauf?«

»Die Umstände und so.«

»Zum Beispiel?«

»Den Soldaten damals. Das war okay, würd ich sagen.«

»Vielleicht«, sagte Arno, »hatte er einen Bruder.« Nach einer Weile: »Oder eine Schwester.« Und nach einigen Sekunden: »Vielleicht wundern sich seine Eltern, ob – «

»Sei still.« Energisch.

»Ich hab den Apotheker gekillt«, sagte Arno ruhig und schnippte ein Stück Hornhaut, das er sich von der Handinnenfläche gepult hatte, weg.

»Und?«

»Und?« Seine Stimme klang erstaunt. »Freust du dich nicht?«

Ich schwieg.

Arno setzte sich auf, zog die Füsse aus dem Wasser und starrte mich an. Ich blieb auf dem Rücken liegen und atmete so leise und flach wie möglich. Vielleicht ist das Wort ›Beklemmung‹ deshalb entstanden, weil man sich fühlt, als ob jemand einem mittels metallener Klammern Stromstösse durch das Denken jagt.

»Warum hast du das getan?«, fragte Arno so leise, dass ich seine Stimme kaum vernehmen konnte.

»Was?«

»Das mit dem Apotheker.«

»Für die Antibiotika.«

»Nein, ich meine: Warum hast du es wirklich getan?«

Ich schloss die Augen.

»Ich hasse dich.« Seine Stimme war noch immer sehr leise. Ohne Nachdruck.

Ich richtete mich auf.

»Was?«

»Ja«, sagte Arno. »Weil du mir das angetan hast.«

Mein Herz begann zu rasen. Einen Moment lang dachte ich, ich würde die Besinnung verlieren. Da war so ein Kreiseln im Kopf.

Arno erhob sich. Ich blickte zu ihm auf. Sonnenlicht – obwohl nur matt – blendete mich. Arnos Gesicht lag im Dunkeln.

»Das war unnötig. Verdammt, du hast mich in so eine Position gedrängt! Dankbarkeit und so. Warum? Hättest mich verrecken lassen sollen!«

Ich blinzelte.

»Hättest wirklich!«, schrie er, dann stiess er ein seltsames Geräusch – irgendetwas zwischen Lachen und Weinen – aus und rannte davon.

Meine Mutter hatte einmal gesagt, der Weltuntergang fände dann statt, wenn ihn niemand erwarten würde. Damals, mit etwa sechs Jahren, hatte ich mir überlegt, dass man einfach jedem Menschen (oder zur Sicherheit vielleicht auch immer einer Zweier- oder Dreiergruppe) einen Tag zuordnen sollte. Diesen Tag würde sich die betreffende Person in die Agenda notieren; es wäre der Tag, an dem sie mit dem Weltuntergang rechnen würde. So wäre mehrere Milliarden Tage lang kein Weltuntergang möglich, weil ständig jemand einen erwarten würde. Wären einmal alle dran gewesen, würde die Reihe wieder von vorne beginnen. Das Amt könnte auch verliehen, vererbt oder einem Vormund übertragen werden.

Vielleicht würde dies tatsächlich gegen einen äusseren Weltuntergang helfen. Aber ganz gewiss half es nichts gegen die vielen inneren Weltuntergänge.

Arno hielt mir die Ohrringe hin. Sie gefielen mir nicht; sie waren zu klotzig. Die Farbe zu düster.

»Sie sind schön«, sagte ich, nahm sie in die Hand, trat vor den Spiegel und zog sie an.

»Schau«, lachte ich, drehte mich zu ihm um und legte den Kopf schief.

»Ja. Sie sind schön«, sagte Arno ernst. »Aber du musst die Haare hinter die Ohren nehmen. Sonst sieht man die Ohrringe nicht.« Er stand auf, strich mir eine Strähne hinters rechte Ohr und trat dann ein paar Schritte zurück. Ich fröstelte. Schweigend standen wir uns gegenüber; nach einigen Sekunden wich sein Blick dem meinen aus.

»Ich habe selten so gelacht wie beim Zwetschgenklauen«, sagte Arno.

»Ja.« Ich fuhr mit der nackten Zehe einer Rille am Boden entlang. Es schmerzte.

»Und überhaupt – es ist okay, hier zu wohnen. Bei dir. Im Zimmer hier.« Eine alles umschliessende Geste.

Er kramte in der Tasche und zog die Ameisenbüchse hervor, um Lynn zu füttern.

»Ich wollte dir noch etwas sagen. Etwas Wichtiges.« Er starrte auf die Spinne.

Ich fühlte Erleichterung.

»Ich will zur Schule gehen. Das ist mein Traum; was zu hören und zu lernen und so. Hilfst du mir sparen? Und natürlich klauen?« Zwinkern, Lächeln.

Ich setzte mich auf die Kiste. Tränen schossen mir in die Augen.

»Klar«, sagte ich. »Klar.«

Immer wenn ein Mensch etwas sagte, stiess er mein frei im Weltall schwebendes Gehirn an. Nicht unbedingt grob, oft nur leicht. Das Gehirn begann daraufhin in einer gleichförmigen Bewegung in eine Richtung zu driften, entfernte sich von Altbekanntem, näherte sich Neuem. Vielleicht driftete es Tage, Wochen, gar Monate frei. Manchmal prallte es irgendwo auf Widerstand und kehrte wieder ganz in die Nähe des Ursprungs zurück – oder aber es wurde von diesem Hindernis in eine gänzlich andere Richtung gelenkt, um das Einstige nie wieder zu sehen. Manchmal schmerzte der Aufprall stark, oft aber war das Gefühl dumpf und erträglich; es kam ganz auf den Aufprallwinkel an.

Ich wäre gerne Pilot in meinem Hirn gewesen.

Und ich hätte gerne einen Wollschal um das Hirn gewickelt. Im All war es kalt.

Von irgendwo her hörte ich Leierkastenmusik.

Ich rollte den Prospekt zu einem Rohr und schlug nach der Fliege. Der Knall war laut und scharf, als der Prospekt auf der gläsernen Tischplatte auftraf. Die alte Frau hob den Kopf und starrte mich mit verkniffenem Mund an. Ich schluckte und blickte auf die Fliege, die mittlerweile auf dem Haarknäuel der Alten sass.

Die Assistentin trat in den Raum und nannte meinen Namen. Ich erhob mich, reichte ihr den ausgefüllten Personalienbogen und folgte ihr. Wir gingen durch einen langen, leicht gewundenen Gang. Die Neonlampen verströmten kühles Licht, und das nüchterne Weiss der Wände verstärkte den Eindruck von Kälte zusätzlich. Ich blickte auf die hellen Schuhe der Assistentin, die beim Gehen kein Geräusch verursachten. Schuhsohlen; ständig mit Füssen getreten.

Die Assistentin stoppte so unvermittelt, dass ich gegen sie prallte. Sie liess einen kleinen, kultivierten Schrei hören und warf mir einen tadelnden Blick zu.

»Bitte«, sagte sie kühl, klopfte, öffnete die Tür und wies in das Büro.

Ich trat ein. Die Decke war niedrig und liess den mit Buchenholz getäfelten Raum heimelig wirken. An der Wand zu meiner Linken stand ein Regal voller metaller Drachenfiguren. Zu meiner Rechten hingen gerahmte Diplome und eine Unmenge von Fotos – vorwiegend schöne, schlanke, nackte Frauen in gehemmt wirkender Haltung. Der Schreibtisch war so hingestellt, dass der Sitzende aus dem Fenster blicken konnte und dem Eintretenden den Rücken zuwandte. Die Assistentin legte dem Mann im Sessel mein Personalienblatt über die Schulter auf den Schreibtisch.

Ich ging zögernd um das gigantische Möbel herum, stellte mich mit dem Rücken zum Fenster und blickte dem Mann ist Gesicht.

Er begann zu lächeln, als hätte jemand seine Mimik angeknipst.

»Guten Tag und herzlich willkommen! Ich bin Doktor Zimmermann!«

Ich stellte mir Zimmermann mit einer Clownnase vor und spürte meinen Mut zurückkehren.

»Hallo«, sagte ich. Ich begann mit dem Prospekt zu wedeln:

»Ich habe – «

Der Mann hob die Hand wie zu einem indianischen Gruss, und ich verstummte.

»Tee oder Kaffee?«, fragte er.

Ich schüttelte den Kopf.

»Also Tee«, sagte Zimmermann. »Jeanette! Tee!«, rief er, ohne seinen Blick von mir zu wenden.

Ich hätte mich gerne gesetzt, aber der einzige vorhandene Stuhl im Zimmer war ja besetzt. Der eben gewonnene Mut verliess mich wieder.

»Ich glaube, ich sollte gehen.«

»Aber nein! Aber nein!« Zimmermann stand auf, fuhr sich durchs halblange, schwarze Haar, trat um den Schreibtisch herum, legte mir eine Hand auf die Schulter und drehte mich mit sanftem Druck so, dass ich aus dem Fenster blickte.

»Was sehen Sie?«

»Häuser.«

»Und?«

»Strassen. Autos.«

»Und?«

»Parkplätze, Gehsteige, Werbeschilder, Verkehrssch – «

»Und?«

»Und?«, fragte ich.

»Und Menschen!«, rief er aus. »M-e-n-s-c-h-e-n. Menschen. Men-schen.« Seine Stimme war samtweich und melodisch.

Ich nickte.

»Menschen mit Träumen, Hoffnungen, Wünschen, Sehnsüchten! Und solch einem Menschen schenken Sie, meine Liebe, ein Stück Glück. Und machen sich ganz nebenbei selber glücklich.« Und dich, dachte ich.

»Natürlich nur sofern Sie die Tests bestehen.« Sein Tonfall war plötzlich eisig. Er ging zum Sessel zurück und setzte sich. Die Fingerkuppen legte er so aneinander, dass sie vor dem Mund ein Zelt bildeten. Die Augen starrten mich wachsam an.

»Schwanger?«

»Nein.«

»Geschlechts- oder sonstige Krankheiten? Erbkrankheiten?«

Ich schüttelte den Kopf. Zimmermann befeuchtete den Bleistift mit der Zungenspitze und notierte sich etwas.

Die Assistentin trat mit einem kompletten Teeset ins Büro. Zimmermann drehte sich mit dem Sessel zu ihr um und machte eine wedelnde Handbewegung, bevor er sich wieder zu mir zurück drehte. Rückwärts gehend und die Tür mit dem Gesäss aufstossend, zog sich die Assistentin mitsamt dem Tablett zurück.

»Auffällige körperliche Abnutzungserscheinungen, von denen ich wissen müsste?«

»Zum Beispiel?«, fragte ich. Meine Stimme zitterte.

»Dehnungsstreifen? Runzeln? Hautflecken?«

Ich schüttelte den Kopf.

»Wie sieht es mit Hautwucherungen, Brandwunden, Narben aus?«

»Eine Narbe. Eine kleine, am linken Knie.«

»Zeigen.«

Ich krempelte das Hosenbein hoch. Zimmermann beugte sich vor und hob seine Brille, um darunter hindurch zu schauen.

»Narbe, klein, zwei Fingerbreit unter Knie, links, Kategorie B1«, murmelte er und notierte sich nach erneutem Befeuchten der Bleistiftspitze einige Worte auf dem Formular. Eine diffuse Angst stieg in mir hoch – die Narbe würde meinen Wert schmälern.

»Okey-Dokey.« Er lachte. »Bestens. Jetzt nur noch ein paar harmlose Bluttests, Abstriche, einige Fotos – die tun aber nicht weh, gewiss nicht« – verschwörerisch – »und einige äussere Untersuchungen. Unter anderem bezüglich der Haarqualität. Scheint aber bei Ihnen i. O. zu sein!« Wieder dieses Lachen. »Und natürlich Zahntests.«

»Wie viel – «, begann ich.

»Aaaalles zu seiner Zeit«, unterbrach mich Zimmermann.

»Nein, wirklich, ich will wissen, auf wie viel Sie mich – «

»Zwölf Mille. Vielleicht fünfzehn. Selbstverständlich nur als grobe Schätzung. Ich will und kann mich vor den Abklärungen und Tests nicht festlegen.«

Zwölf Mille. Und selbst wenn es nur zehn wären: Arnos Schulgebühr könnte bezahlt werden.

ich bin
ein blinder
dieb
lasse mich stehlen
von mir selbst
bei tageslicht
verfolge mich nicht

ich streichle
die haut
ein letztes mal
milch
ich küsse
das haar
weil es nach mir riecht
mango

ich beisse mir
auf die lippe
fange das blut
auf der fingerkuppe
betrachte es
mein rot
mohn

ich möchte
meine gedärme
meinen magen
meine nieren
meine lunge
und die leber
verstecken
kälter kälter kälter
kalt
mein gesicht
zerschneiden
meine hände
verstümmeln
mein herz
auskotzen
und vergraben
in einem garten eden
unter einem baum
einer
wortlosen
erkenntnis

Bereits zum dritten Mal sagte Zimmermann: »Es tut überhaupt nicht weh.« Ich machte mich auf grosse Schmerzen gefasst.

»Wir werden Sie betäuben und die Kundin ebenfalls. Wir werden die Operation zu fünft durchführen. Alles völlig sicher. Selbst wenn einer von uns einen Herzinfarkt kriegen würde, sind noch vier da, um weiter zu machen!« Lachen. »Wenn Sie aufwachen, ist bereits alles über die Bühne gegangen; Komplikationen sind selten. Natürlich werden Sie sich daran gewöhnen müssen, dass Ihr Geist nun in einem anderen Körper wohnt. Dass er nun ein anderes Gefäss belebt. Aber die Kundin ist physisch gesund und rüstig – Sie erhalten für den Tausch eine Stange Geld und einen Körper, der ordentlich funktioniert, und die Kundin bekommt den von ihr ausgesuchten Körper. Ihr Luxusmodell.« Lachen. »Und hey, wenn Sie sich im ersten Moment im fremden Körper unwohl fühlen: Gratis steht Ihnen während einer ganzen Woche der hauseigene Psychiater zur Verfügung. Zu jeder Zeit. Immer für Sie da.«

Zimmermann wuselte hektisch im Labor herum, dann drehte er sich zu mir um, entblösste grosse, unnatürlich weisse Zähne und reichte mir einen Becher.

»Bitte setzten Sie sich und trinken Sie. Trinken Sie den Becher leer, ganz leer.«

Ich nahm den Becher entgegen, hielt ihn an die Lippen, zögerte, setzte ihn wieder ab und sagte laut:

»Das ist der Becher eines Zimmermanns.«

»Bitte?« Irritiert.

Ich begann zu lachen, dachte an alte Fürze und an Schmetterlinge, an tote Soldaten, haarige Hände, hässliche Ohrringe und rostige Nägel, an Leierkastenmusik und pilotlose Hirne im Weltall und schüttete die Flüssigkeit rasch hinunter, bevor die Hände zu stark zitterten.

Im ersten Moment wusste ich nicht, wo ich war. Dann las ich den Namen der Klinik aufgestickt auf dem Bettlaken, und die Welle der Erinnerung schlug über mir zusammen.

Mein Körper fühlte sich falsch an. Ich schloss die Augen, versuchte ruhig und langsam zu atmen. Mit der rechten Hand fuhr ich über den linken Arm. Ich tastete über meinen Bauch, ertastete die Brüste, den Hals, das Gesicht. Fuhr mir durchs Haar. Und begann zu weinen.

Ich öffnete die Augen, setzte mich auf die Bettkante und schaute auf die Beine und Füsse nieder. Langsam stand ich auf, trat an den Kleiderschrank, öffnete ihn, zog die Unterwäsche an und streifte das geblümte, sackartige Kleid über, das darin hing.

Irgendwo in diesem Gebäude wachte jetzt wahrscheinlich die andere auf. Trat an einen Spiegel, lachte, betrachtete das lange, schwarze Haar. Die Kerben über dem Po.

Ich griff nach dem Notenbündel, das auf der Kommode lag. Zehntausend. Auf der Abrechnung stand irgendetwas von einer Narbe am Knie und etwas von Folgekosten für die Kundin aufgrund der Zahnstellung. Okey-Dokey, zehn würden reichen.

Ich verhängte den Spiegel im Dachzimmer mit Kleidungsstücken. Dann setzte ich mich auf die Kiste, streichelte das Notenbündel und wartete auf Arno. Nach einer Weile griff ich nach der Haarspange; ich würde sie monatelang nicht verwenden können. Ich drehte und wendete sie und war immer wieder aufs Neue fasziniert von den Rostpünktchen; es schien mir gar, dass genau dieser Rost die Schönheit der Haarspange ausmachte: perfekt in Unvollkommenheit.

Arno öffnete die Tür, stiess einen Schrei aus und zog blitzschnell das Messer, während die andere Hand wie üblich am Hosenbund weilte.

»Ich bin es«, sagte ich schlicht. Die Stimme klang fremd.

»Wer sind Sie? Und was zum Teufel machen Sie in diesem Zimmer?«

»Ich bin es«, wiederholte ich, stand auf und breitete die Arme aus.

Arno begann mit dem Messer zu fuchteln. Die weit aufgerissenen Augen und der leicht geöffnete Mund liessen sein Gesicht dümmlich wirken. Ich spürte Zorn in mir aufsteigen.

»Ich, wer denn sonst!«

»Du?« Arnos Stimme klang schrill. »Wirklich du?« Die Hand mit dem Messer sank herab. Plötzlich sah er erschöpft und kindlich aus.

Ich nickte.

»Jetzt sehe ich es. Nicht an diesem – Körper oder was das – aber an der Art, wie du dich bewegst. Kopfhaltung und so. Und an deinen Worten. Und«, Arno deutete auf die Haarspange, »an der Art, wie du sie hältst. Wie du vorher den Rost angeschaut hast.«

Er wich einen Schritt zurück.

»Aber warum denn?« Kreischend. Er krümmte sich zusammen, als hätte er Magenschmerzen. Dann faltete er die Hände über dem Kopf und schaukelte auf den Fusssohlen hin und her. Dazu stiess er schreckliche Laute aus.

Ich hatte mich über mich selbst erhoben. Hatte mich wertvoller gemacht, als ich war. Hatte mich liebenswert gemacht. Endlich.

»Für die Schule«, sagte ich, trat auf Arno zu, bückte mich, legte ihm den Zeigefinger unter das Kinn und hob seinen Kopf an. »Zehntausend. Denke an den Tornister, die Bücher, Hefte, die Schulgebühr, die Uniform! Das reicht für mehrere Schuljahre, stell dir vor: Für mehrere! Du lernst lesen und schreiben und all den anderen Kram.«

Ich hatte meine Seele entkalkt und starrte durch das nun nicht mehr blinde Glas in die Welt hinaus.

»Das will ich doch gar nicht! Wie könnte ich – was hast du – so ein Dreck, du tötest mich, tötest mich jeden Tag!« Er sprang auf, ballte die Rechte zur Faust und starrte mich an.

»Du denkst immer nur an dich!«, schrie er und versprühte dabei feine Tröpfchen auf mein Gesicht. Wie Schlangengift. Ich wich zurück.

»Warum tust du das?« Er begann zu weinen. Jahrelang hatte ein Schwert in meinem Hirn gesteckt; keiner hatte es heraus reissen können, bis Arno gekommen war. Nun zerschnitt er mich mit eben diesem Schwert.

»Immer trittst du mich mit Füssen!« Sein Schreien:

schmerzend wegen dieser Kraftlosigkeit, die darin mitschwang. »Du trittst mich immer! Zielsicher da, wo es weh tut!« Ich dachte an die Schuhsohlen. Zornig wischte er sich über die Augen. »Ich habe dich geliebt.« Die Stimme wurde ruhig und klar. »Nicht dieses Bruder-Schwester-Zeug.« Er griff sich an die Kehle. Ich kriegte kaum noch Luft.

»Aber ich bin ja noch da. Nur in anderer – Gestalt«, sagte ich heiser.

Er schüttelte den Kopf:

»Du hast etwas Ungeheuerliches getan. Etwas, das viel zu gross ist für mich. Wie könnte ich das annehmen? Es fühlt sich an, als hättest du mir einen 100 Pfund schweren Sack zugeworfen und gesagt: Fang!«

»Aber hey: Schau doch, hier drin stecke ich!« Mit dem Zeigefinger pochte ich energisch auf das Brustbein.

»Das bist nicht du. Du bist nicht nur dein Geist. Ich kann dich nicht erkennen. Sehe nicht die Falten von deinem Lachen. Oder die abgekauten Nägel. Oder dein Haar. Die Babynase. Du bist gestorben.«

Er wandte sich ab. Ich sah die schmalen Schultern, den zarten Nacken. Ganz sachte öffnete er die Tür, als befürchtete er, sie könnte zerbrechen. Leise schloss er sie wieder hinter sich. Ich nahm das Geld und warf es hoch. Die Scheine segelten um mich herum durch die Luft. Als wäre ich in einer dieser Schneekugeln gefangen. Ertrinkend im Wasser und im Geldgestöber.

Ich kniete an der Luke nieder und blickte auf den Hafen. Einige Soldaten luden Waren auf Schiffe oder von Schiffen. Einer der Soldaten trieb Hühner vor sich her. Auch einen Hahn konnte ich unter den Tieren ausmachen.

buschtrommeln
hinter den augen
waldbrand
in der luftröhre

der körper
im ballsaal
der existenz
tanzt
dreht
wippt
wiegt
als wäre er
der umjubelte
kern

der geist
auf der waage
bewegungslos
aus angst
vor dem
absenken
der schale
excalibur
zerschneidet
mein denken
in exakte
würfel
die sich beliebig
stapeln lassen
zu einem wackligen
turm

auf meiner schulter
lastet schwer
maats feder

ich finde
nie wieder
heim
in die fremde

ich hole luft
und sie strömt
durch deine lungen
ich esse
und sättige
deinen magen
du sprichst
und erwürgst
mich

»Du bist's«, sagte der Blinde und liess die Kurbel los.

Ich nickte und lächelte.

»Und doch bist du's nicht.«

Mein Lächeln gefror.

»Doch«, widersprach ich.

»Du denkst«, sagte der Blinde, »dein Geist sei wie ein Füllkissen, der Körper hingegen die Kissenhülle. Wenn du aber die Hülle wechselst, geht der charakteristische Geruch der gesamten Einheit verloren.«

»Muss man denn immer derselbe sein? Darf man nicht wechseln? Die innere Einheit, die Gedanken sind ja noch meine!« Ich starrte auf die Füsse.

»Natürlich darf man wechseln«, sagte der Blinde mit

sanfter Stimme. »Das ist dein gutes Recht. Aber du vergisst, dass es die innere Einheit nicht gibt. Es gibt nur eine Einheit: diejenige, die alles umschliesst, das Innere und das Äussere. Und deswegen haben dich deine Freunde als Ziel ihrer Liebe ausgesucht. Sprengst du diese Einheit auf, verwirrst du. Du machst zornig und provozierst Ängste.«

»Hast du jemals eine Frau geliebt? Richtig? Nicht dieses Bruder-Schwester-Zeug?«, fragte ich und merkte, dass ich ihn plötzlich duzte.

»Ja.«

»Du hast ihren Körper nicht gesehen. Nur ihr Inneres.«

»Ich habe ihren Körper gesehen. Mit den Händen, mit der Nase. Mit den Ohren. Die Klänge ihres Blutes in den Handgelenken.«

»Und als sie älter wurde?«

»Sie ist jung gestorben.«

»Wenn sie alt geworden wäre? Dann wäre der Bezug kaputt gegangen. Dann hätte nur noch das Kissen selbst gezählt.«

»Oh nein«, sagte der Blinde mild. »Der Bezug hätte sich abgenutzt – oder besser gesagt: hätte sich auf das Wichtigste reduziert. An vielen Stellen hätte das Füllkissen durchgeschimmert. Aber der Bezug wäre trotzdem noch da gewesen, irgendwie. Unmöglich, ihn sich vollends wegzudenken. Ihn, mit seinem Geruch, seiner Art, sich anzufühlen. Ganz aktiv: Nicht gefühlt werden, sondern sich konstant und absichtsvoll so anzufühlen.«

»Also beides«, sagte ich.

»Ja«, nickte der Blinde. »Beides und immer nur beides.«

»Aber innerlich kann ich mich auch verändern.«

»Auch darauf reagieren die Menschen auf die eine oder andere Weise.«

Ich zog die Haarspange aus der Tasche, beugte mich vor, ergriff vorsichtig die Hände des Blinden, um ihn nicht zu erschrecken, und gab ihm das Schmuckstück. Das Spiel seiner Finger faszinierte mich; sie ertasteten den Gegenstand sanft und gründlich, fuhren über Unebenheiten, erprobten den Verschluss.

»Farbe?«

»Grau. Metall. Nur der runde Stein darauf ist von so einem Türkis«, sagte ich.

»Aha.« Er nickte, hob die Haarspange an die Nase und sog die Luft tief ein.

»Rost.« Ein strahlendes Lächeln erhellte sein Gesicht. »Perfekt.«

»Sie gehört dir«, sagte ich.

Er lachte, fuhr sich durch das kurze, krause Haar.

»Danke.«

Eine Weile standen wir beide schweigend da. Der Blinde drehte und wendete die Haarspange in der Hand.

»Was soll ich jetzt tun?«, fragte ich.

»Wir sollten immer das tun, was das für uns höchste Erreichbare ist. Nicht mehr, nicht weniger.«

»Wie meinst du das?«

»Wenn ich Harfe spielen könnte, würde ich Harfe spielen.«

»Ich verstehe nicht.«

»Wenn ich so geben könnte wie du, würde ich geben.«

Er streckte die Hand aus und berührte zielsicher die Wange meines neuen Körpers. Sanft streichelte er über die Haut.

»Bist du überhaupt blind?«, flüsterte ich.

Er lachte.

»Bist du heilig?« Meine Stimme war kaum vernehmbar.

Er machte eine wegwerfende Handbewegung.

Auf dem Heimweg sah ich mich. Und sie sah sich. Wir blieben stehen und starrten einander an, dann drehte sie sich blitzschnell um und begann zu rennen. Ich lief ihr hinterher, doch meine Schritte waren ungeschickt, und mein Herz raste sofort. Wäre sie nicht in eine Sackgasse gelaufen, hätte ich sie niemals eingeholt. Sie stand vor der Mauer, legte den Kopf in den Nacken, seufzte und drehte sich zu mir um.

»Also«, sagte sie und zuckte mit meinen Schultern. Das pechschwarze Haar tanzte mit.

»Also«, sagte ich und starrte auf meinen früheren Körper. Er war anders, als ich ihn in Erinnerung hatte: Er erschien mir kleiner, fülliger um die Hüften, das Haar dichter, die Augen schöner, die Nase weniger kindlich als in meiner Vorstellung.

»Das ist unangenehm«, sagte sie mit meiner Stimme.

Ich nickte.

»Eigentlich sollten wir uns nie begegnen«, meinte sie.

Wieder nickte ich.

»Könnten Sie bitte – würden Sie mich bitte in Ruhe lassen?«, hob sie von neuem an. Sie hatte einen Tick; sie zupfte mit der Hand hektisch am Kleid. Die Geste erinnerte mich an Arno.

Ich schluckte. Es war seltsam, meinem Körper gegenüber zu stehen. Ein vertrauter Fremder. Home, sweet home.

»Und«, fragte ich trotzig, »ist er gut? Gut genug für zehntausend? Brauchbar?« Das letzte Wort schleuderte ich ihr zornig entgegen.

»Jaja«, sagte sie und hob abwehrend die Hände.

»Prima.« Ich dachte an die Einbuchtungen über dem Po.

Ich atmete tief durch und zog die Ohrringe aus der Tasche. Als ich auf die Frau zutrat, wich sie zurück, bis sie mit dem Rücken zur Wand stand. Ich hielt ihr die Ohrringe entgegen.

»Für dich.« Für mich.

Sie entspannte sich etwas.

»Sie sind schön«, sagte sie, nahm sie in die Hand und

zog sie gekonnt an. »Schauen Sie«, lachte sie und legte den Kopf schief.

»Ja. Sie sind schön. Aber Sie müssen die Haare hinter die Ohren nehmen. Sonst sieht man die Ohrringe nicht.«

Sie lächelte unsicher und strich sich eine Strähne hinters Ohr.

»Sie sind zu klotzig. Zu düster«, sagte ich leise.

»Bitte?«

»Zu klotzig. Zu düster.«

Sie senkte den Kopf.

»Stimmt's?«

»Ja.« Ihre Stimme klang heiser.

»Du bist ich!«, schrie ich, schnellte vor und zerkratzte ihr mein Gesicht. Sie brüllte erschrocken auf, stiess mich um und rannte davon.

Mein Haar war jetzt blond und kurz. Aber in meinen Gedanken würde es immer schwarz und lang sein. Goldene Pechmarie.

Arno ist jetzt seit sieben Jahren fort.

Ich habe immer das Gefühl, zu wenig Zeit zu haben. Aber ich weiss nicht, wofür ich Zeit bräuchte. Ich fühle mich immer bedrängt, in Eile, obwohl es nichts zu tun gibt.

Mit siebentausend habe ich mir ein gebrauchtes Auto gekauft. Bin gereist – mit der Spinne Lynn –, habe im Auto geschlafen, darin gehaust. Irgendwann ist das Geld alle gewesen; aufgebraucht für Benzin und Essen. Für siebenhundert habe ich das Auto wieder verkauft und mir ein winziges Zimmer in einer Touristengegend gemietet. Auch die letzte Reserve ist längst aufgebraucht; durch grössere und kleinere Diebstähle und Gaunereien halte ich mich über Wasser. Heute in einer Woche werde ich aus dem Zimmer geworfen, weil ich nicht mehr bezahlen kann.

Ich sehne mich nach Neuem, Unverbrauchtem. Ich sehe Kriegsversehrte.

Ich esse keine Zwetschgen mehr; davon kriege ich neuerdings Bauchschmerzen.

Mein Körper hat sich verändert: Ich bekomme nicht mehr sofort Herzrasen, bin schneller und wendiger geworden. Mein Haar ist mittlerweile lang und wird von einer Metallspange zusammen gehalten. Eine ohne Rostpünktchen. Eine unvollkommene. Ich habe sie viele Nächte lang im Regen liegen lassen und dann wochenlang nicht abgetrocknet, aber sie hat nicht zu rosten begonnen. Vielleicht wegen der Legierung oder der Lackierung oder so.

Manchmal denke ich an den Apotheker, aber ohne den Hass. Eher dumpf und flüchtig; die Erinnerung hat begonnen, sich in mir zu vergraben.

Ich trinke. Der Blinde hätte mich dafür getadelt. Vielleicht. Vielleicht auch nicht, immerhin versuche ich das für mich höchste Erreichbare: Ich versuche, als Einheit zu existieren.

Randolph Dickson sieht genauso aus, wie ich mir einen Privatdetektiv vorstelle.

»Das kostet.«

»Geld ist kein Problem«, sage ich. »Ich habe mich umgehört: Sie haben eine gute Reputation. Ich will, dass Sie den Job übernehmen.«

»Die erste Hälfte jetzt, die zweite danach.«

»Die erste Hälfte nächste Woche.«

»Dann beginne ich erst nächste Woche mit der Nachforschung.«

»Auf sieben Tage kommt es nicht an«, sage ich, erhebe mich und schüttle Dicksons Hand. Er bläst mir Rauch ins Gesicht. Ich huste.

»Manchmal«, sagt er unvermittelt, »ist es besser, gewisse Dinge ruhen zu lassen. Sieben Jahre sind eine lange Zeit. Er ist jetzt 19. Vielleicht – « Dickson bricht ab und starrt aus dem Fenster. Ich sehe, wie sich sein Brustkorb beim Atmen hebt und senkt. Ich stelle mir vor, wie im Inneren eine ganze Horde Kobolde in Akkord und unter grosser Anstrengung eine riesige Kurbel, die zu einem hölzernen Rad führt, dreht. Ich schaue weg.

»Übernehmen Sie den Job oder nicht?«, frage ich.

Er nickt und sagt: »So habe ich es nicht gemeint.«

»Gut.«

Ich verlasse das Büro. Während ich mit dem Lift zur Lobby hinunterfahre, denke ich an Arno. Sieben Jahre sind eine lange Zeit. Er ist jetzt ein Mann. Ich bin eine Frau. Ein typischer Fall von umgekehrter Proportionalität: Altersunterschiede schrumpfen mit zunehmendem Alter.

Doktor Buttlers Händedruck ist kraftlos und erinnert mich an welkes Laub. Der Mann hat ein freundliches Gesicht und kurzes, an den Schläfen ergrautes Haar.

»Sie müssen keine Angst haben, es ist ein Routineeingriff«, sagt er.

Ich nicke. Ballast abwerfen. Mich innerlich leichter machen, zum Wesentlichen finden.

Ich nenne Buttler den betreffenden Zeitraum.

»Pro starker, positiver Erinnerung können Sie gut und gerne mit Tausend rechnen«, sagt Buttler. Er erklärt mir, mit welcher Technologie man die gewünschten positiven Erinnerungen des vorgegebenen Zeitraums extrahieren, speichern und einem andern übertragen kann. Ich verstehe kein Wort. Es ist mir egal.

»Positive Erinnerungen sind gefragt. Auch wenn es nicht die eigenen sind.« Buttler lacht. Ich denke: Was nützen Erinnerungen, wenn es nicht die eigenen sind? Sind unsere Persönlichkeiten nicht das Konglomerat unserer Erinnerungen? Ein Mosaik: Steht man ganz nahe, begreift man es nicht.

51

Ich vereinbare einen Termin.

Ich habe keine Angst, es ist ein Routineeingriff.

Ich habe Angst, Wesentliches abzuwerfen. Ich weiss nicht, was ich tue. Das weiss ich nie.

Ich habe das Gefühl, so wenig Ballast zu haben, dass mein Ballon in höchste Höhen steigen wird und ich erfrieren werde. Oder ersticken.

Manchmal, wenn ich ganz fest Angst habe, ist mein Inneres wie erstarrt. Mein Äusseres zittert und bebt, ist nervös, versucht, zum Inneren durchzudringen und es zu entparalysieren, indem es kneift, kratzt, sich verletzt. Jetzt bin ich äusserlich ganz ruhig. Die Kellertür ist zu. Und den Bart des dazugehörigen Schlüssels habe ich mit einem Stein deformiert.

die vororte meiner gedanken
niedergebrannt
bis auf die grundmauern
es steht nur noch
ein kern
in seinem zentrum:
ein haus
im wartezimmer:
eine angst
mit überschlagenen beinen
wippendem fuss
schnippenden fingern
ich bitte sie herein
das stethoskop
in der hand
die kugelsichere weste
unter dem kittel

ein lächeln
im gesicht
eins, zwei, drei
ich bin bereit

»Träume sind nichts Ungewöhnliches in diesem Zustand«, sagt Buttler. Er legt den Schalter um.

Ich stürze. Ein Schrank schrammt dicht an mir vorbei und reisst ein Stück Stoff aus dem Saum meines Kleides. Dicht vor mir im Halbdunkel höre ich irres Gekicher, das plötzlich in die Klänge von Leierkastenmusik umschlägt. Ich falle aus der Röhre mitten auf die Strasse; der Schmerz fühlt sich erstaunlich real an. Die Sonne blendet. Ich drehe mich um die eigene Achse – die Röhre ist weg. Die Strasse führt durch ein Viertel mit gepflegten Einfamilienhäusern. Zwei, drei aufgeschreckte Kaninchen flüchten unter Büsche. Kinderlachen dringt an mein Ohr, aber ich sehe keinen Menschen. Meine Füsse sind nackt; der Asphalt ist angenehm warm. Ich beginne zu gehen, zuerst langsam und zögerlich, doch zunehmend beschwingt. Die Luft ist ganz sanft zu den Lungen, so sanft war schon lange keiner mehr zu mir. Die Sonne streichelt den Nacken und den Rücken. Ich lasse mich berühren. Ihre Fingernägel kitzeln ein wenig, das gefällt mir.

Ein Auto nähert sich von hinten. Ich gehe weiterhin mitten auf der Strasse, drehe mich nicht um. Eine eigentümliche Faszination ergreift mich – wie es sich wohl anfühlt, wenn ich überfahren werde? Ich höre das Quietschen der Bremsen, dann eilige, schwere Schritte auf dem Asphalt. Ich schliesse die Augen und gehe summend weiter. Raue Hände schliessen sich plötzlich um meine Arme. Ich beginne zu strampeln, schreien, beissen. Versuche, die Angreifer zu kratzen. Meine Hände werden auf dem Rücken zusammengebunden, die Fesseln schneiden ein. Meine Stimme bricht. Jemand stülpt mir einen Sack über den Kopf, hebt mich auf die Schultern und trägt mich Richtung Auto. Ich werde hineingesetzt, grob. Die Autotür schlägt zu. Das Auto fährt los. Ich atme ruhig, der Körper fühlt sich entspannt an, obwohl es unangenehm ist, als die gefesselten Hände in den Sitz gepresst werden. So also, denke ich und lächle. Ich finde die Gründe für mein Lächeln nicht.

Die Fahrt dauert nicht lange. Ich werde aus dem Auto gezerrt. Die Luft kneift in die Lungen. An den Oberarmen werde ich vorwärts gezogen. Niemand warnt mich vor Unebenheiten im Boden. Die Zehen schmerzen, vielleicht bluten sie sogar.

Der Sack wird mir vom Kopf gerissen. Ich stehe vor einem riesigen Gebäude. Einige der Türme ragen so weit in den Himmel, dass ich ihre Spitzen nicht sehen kann. Links und rechts reichen die Mauern hunderte von Metern weit. Sie sind aus hellbeigen Steinen. Die Dächer der niedrigeren Türme sind dunkelrot, fast braun. Meine Entführer tragen Skimasken. Sie zerren mich zu einem breiten Tor, das sich langsam und wie von Geisterhand einen schmalen Spalt breit öffnet. Ein harter Stoss in den Rücken lässt mich ins Innere des Gebäudes stolpern; es gelingt mir knapp, das Gleichgewicht zu halten. Das Tor fällt mit einem dumpfen Laut ins Schloss. Ich drehe mich um und drücke meinen Körper an die Tür, während ich verzweifelt versuche, die auf dem Rücken festgebundenen Hände zu befreien. Zwecklos.

Dann wende ich mich um. Ich bin allein. Vor mir liegt ein langer Korridor, hoch über mir schweben einige Lampen, die kränkelndes, honiggelbes Licht verströmen und einen seltsam summenden Ton von sich geben. Der Marmor unter den Füssen ist kalt, ich trete nur noch mit dem vorderen Teil des Fusses auf. Erst jetzt sehe ich, dass die Bodenplatten ein Muster bilden – eines, das ich nicht verstehen kann, aber ich weiss, dass es Sinn ergibt. Die Mehrheit der Platten ist rot, weiss, orange oder gelb, einige sind grün. Ich stehe auf eine grüne Platte; sie fühlt sich wärmer an, und ich kann endlich wieder den ganzen Fuss aufsetzen. Links vor mir befindet sich eine weitere grüne Platte. Ich hüpfe von einer grünen Platte zur nächsten; sie sind gelegt wie die für den Springer im Schachspiel erlaubte Schrittanordnung.

Ich hüpfe und schaue nicht auf. Nach einiger Zeit stehe ich vor einer schweren, hölzernen Tür. Ein Paar goldfarbener Finken steht so dicht am Holz, dass ihre Spitzen die Tür berühren.

»Hallo?«, sage ich leise. Ich höre mich selbst kaum. Ich strecke den linken Fuss aus und stelle ihn in den Finken. Der Schuh passt wie angegossen. Ich ziehe auch den rechten Finken an. Mit dem Kinn presse ich die Türklinke nieder und drücke die Tür mit der Schulter auf. Der dahinterliegende Raum ist viel niedriger als der Korridor. Wärme, Helligkeit und Stimmengewirr schlägt mir entgegen. Ich trete ein. Der Raum misst in Länge und Breite je etwa 20 Meter. In der linken hinteren Ecke ist ein hölzernes Podest errichtet worden, zwei Seiten liegen direkt an der Mauer an; die rechte Längsseite hingegen ist mit einem Holzgeländer begrenzt, während eine die gesamte vordere Breitseite einnehmende Treppe auf das Podest führt. Auf dem Podest steht ein grosser Tisch; links und rechts sitzen je drei alte, bärtige Männer. Am Kopfende sitzt ein weiterer Mann mit einem breitkrempigen, schwarzen Hut, der das Gesicht im Schatten belässt. Unten am Tisch ist ein Platz frei.

Das Stimmengewirr verstummt.

»Aha«, sagt einer der sieben Männer in die aufgekommene Stille, aber es ist mir unmöglich zu sagen, welcher gesprochen hat.

»Die Fesseln«, sage ich. Die Stimme klingt so schwach

und heiser. Ich zucke mit den Schultern, als könnte ich damit meine Worte zurücknehmen.

Einer der Männer steht auf und kommt langsam die Treppe hinunter. Ich weiche ein, zwei Schritte zurück. Er blickt mich fest an, dann tritt er an mir vorbei und zieht die Tür ins Schloss. Er steht hinter mir, ich fühle seinen Atem im Nacken. Dann spüre ich, wie er an den Fesseln nestelt. Meine Hände kommen frei, aber ich kann sie kaum bewegen. Der Mann kehrt wieder an seinen Platz auf dem Podest zurück. Die Männer sehen alle unterschiedlich aus, aber wenn ich von Gesicht zu Gesicht blicke, vergesse ich die Unterschiede sofort wieder, so dass der verwirrende Eindruck aufkommt, sie seien alle ein und dieselbe Person.

Erst jetzt sehe ich, dass eines der Tischbeine grün ist. Auch scheint es etwas länger zu sein als die anderen, aber ich bin mir nicht sicher. Einer der Männer nimmt einen Keks aus dem vor ihm liegenden Teller, riecht daran und legt ihn wieder zurück.

Meine Hände beginnen schmerzhaft zu kribbeln.

»Danke«, sage ich.

»Setz dich zu uns.« Erneut weiss ich nicht, welcher der Männer gesprochen hat.

Ich hätte schwören können, dass die Treppe zuvor nur drei Stufen gehabt hat; nun aber nehme ich Stufe um Stufe, die Füsse werden immer schwerer, die Kraft weicht. Nach mehreren Minuten stehe ich endlich vor dem Tisch. Ich setze mich.

»Du bist's«, sagt einer der Männer.

»Das können wir nicht mit Bestimmtheit sagen.« Die Stimme des andern klingt schneidend.

»Bin wer?«, frage ich.

»Pssssst«, sagt der Mann mit dem Hut, und alle schauen in seine Richtung. Plötzlich stampft er heftig mit dem Fuss auf, und die Männer zucken zusammen. Der Mann lacht dunkel, schiebt den Stuhl zurück, beugt sich nach unten und nimmt etwas vom Boden auf. Er wirft die tote Maus auf den Tisch, und sie schlittert bis zu mir. Ich schaue auf das Tier mit dem zertretenen Schädel nieder.

»Warum?«, frage ich. Der Mann mit dem Hut lacht. Ich senke den Kopf und küsse das Tier sanft seitlich auf den Hals. Da merke ich, dass die Maus noch lebt und ganz flach und schnell atmet.

»Komm«, sage ich leise zu dem Tier, und mein Atem streicht über das Fell. Ich schiebe vorsichtig die Hand unter den kleinen Körper und hebe die Maus auf. Der Schädel kommt mir nun bedeutend weniger stark deformiert vor. Die Maus hebt schwach den Kopf und blickt mich an. Ihre Schnurrhaare zittern. Ich streichle den Rücken des Tieres, darunter bebt es.

»Töte sie«, sagt der Mann mit dem Hut.

»Nein«, erwidere ich.

»Sie leidet.«

»Nein.«

Die Maus hat aufgehört zu zittern. Sie blickt mich wachsam und interessiert an, streckt den Kopf vor und beginnt an meinem Ärmel zu schnuppern. Offenbar habe ich ihre Verletzung massiv überschätzt. Ich öffne die Hand ein wenig, das Tier entschlüpft und huscht mir auf die Schulter.

»Du bist's«, sagt einer der Männer. Ein Gemurmel entsteht.

»Bin wer?«, frage ich.

»Wir haben auf dich gewartet«, sagt der Mann mit dem Hut. Ich hätte gerne nach den Gründen für dieses Warten gefragt, aber die Frage scheint mir unpassend. Stille senkt sich über uns. Wieder hebt einer der Alten einen Keks, riecht daran und legt ihn nieder.

»Wer seid ihr?«, frage ich. Einer der Männer prustet los, aber da niemand in sein Lachen einstimmt, verebbt es zusehends.

»Das ist die richtige Frage«, sagt der Mann mit dem Hut. »Die andere war falsch.«

»Es gibt keine falschen Fragen«, sage ich.

»Es gibt zumindest Fragen im falschen Moment.«

»Wer seid ihr?«, hake ich nach.

Die Männer werfen sich ratlose Blicke zu, dann sagt der Mann mit dem Hut:

»Wir wissen es nicht.«

Ich lächle. Behutsam schiebe ich den Stuhl zurück, bewege mich ganz leise und vorsichtig und vermeide Blickkontakt. Die Maus springt von meiner Schulter auf den Tisch, huscht auf den Mann mit dem Hut zu und verschwindet im Ärmel seines Mantels. Traurigkeit ergreift mich.

Ich gehe Stufe um Stufe die Treppe hinunter und versuche so aufzutreten, dass sie möglichst wenig knarrt. Nach fünfzig oder sechzig Stufen bin ich endlich unten. Als ich zurück schaue, kann ich die Männer nicht mehr erkennen; die Treppe ist zu hoch. Die Decke des Raumes scheint meilenweit über mir zu hängen. Ich gehe auf die Tür zu und trete in den Korridor hinaus. Instinktiv blicke ich auf die goldenen Finken nieder und sehe, dass der linke Moos angesetzt hat und dadurch an der Spitze grün geworden ist.

Ich trete nur auf gelbe Platten und erreiche nach wenigen Minuten eine weitere Tür. Ich stosse sie auf und stehe am Fuss einer eng gewundenen Treppe. Stufe um Stufe quäle ich mich hinauf. Jemand hat das Wort »Babel« in grossen, verschnörkelten Buchstaben an die Wand gesprayt. Nach einer Zeitspanne, die mir endlos vorgekommen ist, komme ich in einem gläsernen Zimmer an. Ich stosse die Tür auf und trete auf den Balkon, der das Zimmer umgibt. Schnee umtanzt mich, der Wind zerrt am Körper. Ich blicke nach unten, doch ich kann den Boden nicht erkennen; unter mir hängt undurchdringliches Weiss.

»Warum bist du gekommen?«, fragt eine donnernde Stimme.

Ich wirble herum, kann jedoch niemanden erkennen.

»Hallo?«, rufe ich in das Schneegestöber. Das Weiss schluckt die Stimme.

»Warum bist du gekommen?« Der Tonfall klingt milder als zuvor.

»Ich bin nicht von selbst gekommen. Ich bin entführt worden«, sage ich.

»Von wem?«, fragt die Stimme. Ich glaube, einen belustigten Unterton zu hören.

»Von so ein paar Kerlen mit Skimasken.«

»Solche gibt's hier nicht«, sagt die Stimme.

»Witzig.«

»Überhaupt nicht.« Ein tosendes Lachen erklingt.

»Wer bist du?«, rufe ich ziellos in das Schneegestöber. Ich friere. Ich rechne nicht mit einer Antwort.

»Ich bin das erste Gewitter, das erste Fahrradfahren ohne fremde Hilfe, der erste Schultag, die ersten Schwimmversuche, das erste Diktat, die erste bröckelnde Beziehung, der erste Arbeitstag, der erste Verlust, die erste Falte.« Die Stimme scheint von überall her zu kommen.

»Und du?«, fragt sie.

»Ich bin«, sage ich.

Da erklingt ein durchdringender Schrei voller Wut und Hass. Der Balkon erzittert unter einer gewaltigen Erschütterung, und ich fühle, wie das Geländer unter den Händen bricht. Ich rüttle am Griff der gläsernen Tür, doch sie lässt sich nicht öffnen. Eine unglaubliche Ruhe erfasst mich plötzlich. Ich springe über die Trümmer des Geländers und lasse mich dem Weiss entgegen fallen.

Ich drücke Dickson die zweite Hälfte des vereinbarten Betrags in die Hand und empfinde ein diffuses Gefühl von Genugtuung, als ich sein Erstaunen bemerke. Er zählt nach, nickt und weist in das Dunkel unter dem Brückenbogen.

Ich küsse meine Fingerkuppe und drücke sie Dickson auf die Lippen. Ich weiss nicht, warum ich das tue; der Mann bedeutet mir nichts. Der Kuss gehört nicht ihm.

Ich wende mich ab und trete mit gesenktem Kopf über die Linie, die der Schatten auf die Erde malt. Früher habe ich immer gedacht, Sonnenlicht gebäre Schatten. Jetzt erkenne ich, dass das Sonnenlicht der Ausbreitung des Schattens Einhalt gebietet; er ist nicht des Lichtes Kind, nicht einmal eine entfernte Verwandtschaft liegt vor.

Ich bleibe stehen. Die Augen haben sich noch nicht an das Dunkel gewöhnt. Und die Haut hat sich schmerzhaft zusammengezogen, seit ich nicht mehr vom Licht gestreichelt werde. Die Fingernägel haben so schön gekitzelt.

»Hallo?« Warum sage ich das? Warum begrüsse ich immer zuerst, gebe dem andern immer Gelegenheit, mich zu entdecken, mich zu hören? Mich zu treffen?

Eine Hand legt sich auf meine Schulter.

»Hallo.«

Ich werde ganz ruhig. Rostpünktchen legen sich über mein Denken, und es wird vollkommen.

Nur schemenhaft erkenne ich Arno. Er ist gewachsen, mehrere Kilos schwerer als früher und hat Bartwuchs; es steht ihm gut.

»Du bist's«, sagt er. Irgendetwas verbindet mich mit diesem Menschen, aber ich weiss nicht mehr, was.

»Du hättest nicht kommen sollen«, sagt er.

»Wie geht es dir?«

»Gut.«

»Kommst du ins Licht, damit ich dich sehen kann?«

»Nein.«

Ich fühle Leere in mir. Ich habe so viel Schreckliches mit und wegen Arno erlebt. Früher war da noch mehr gewesen; das Yin zum Yang. Aber das ist jetzt weg. Ich weiss nicht mehr, warum ich Dickson auf die Suche geschickt habe. Vielleicht liegt mein Problem darin, dass ich nicht selber gesucht habe. Ist es nicht möglich, dass das Gefundene nur dann wirklich gefunden ist, wenn man sich selber auf die Suche begeben hat?

Er streichelt meine Wange, dann legt er eine Hand an meinen Hinterkopf. Ich glaube, dass er lächelt, aber es ist zu dunkel, um es mit Sicherheit sagen zu können.

»Ich habe selten so gelacht wie beim Zwetschgenklauen«, sagt Arno. Ich erinnere mich nicht. Rostpünktchen schiessen mir in die Augen. Wir teilen nichts mehr. Wir wissen es.

Ich entziehe mich seiner Berührung, trete über die Linie, stehe wieder im Licht. Die Sonne küsst meinen Hals.

Ich sage:

»Ich nehme nicht das angefaulte Obst. Gregor Samsa war zuerst ein Mensch. Ich will mich entrümpeln und neu einrichten. Ich werde dir das Lesen nicht beibringen. Es ist irrelevant, ob die Hände des Mannes mit dem langen, weissen Bart genauso rau sind wie diejenigen des Apothekers. Ich liebe die Stimme des Leierkastenmannes. Ich habe das »Oder« nicht gefunden. Das höchste Erreichbare ist so winzig klein, dass ich es übersehen habe. Es wäre auch nicht okay gewesen, den Soldaten nicht zu töten. Ein innerer Weltuntergang kommt selten allein. Das Bruder-Schwester-Zeug ist unsagbar wertvoll. Nicht der Becher ist entscheidend, sondern das Gift darin. Rost ist unvollkommen. Excalibur hat mich bereits vor dem Herausreissen zerschnitten. Die Kissenhülle verbirgt das Füllkissen. Ich würde gerne eine Zwetschge essen, eine einzige nur. Man kann die Maus nur heilen, nicht besitzen. Goldene Finken setzen stets Moos an. Immer brechen die Geländer. Ich bin eine sinnentleerte Erkenntnis. Und die alten Männer wissen es doch.«

Arno bewegt sich. Er tritt ganz nahe an die Linie heran. Er streckt die Hand aus, die Sonne ergreift seine Finger. Sie sind ganz wächsern. Dann zieht er die Hand wieder zurück. Er riecht noch genauso wie früher, unendlich gut, unendlich vertraut.

»Ich kenne dich nicht«, sagt er. »Du kannst es doch nicht sein.«

»Du entgleitest mir«, sage ich. »Und ich lasse es zu. Lachend und schreiend. Fliess weg.« Ich dehne mich immer mehr, werde stellenweise ganz dünn und schwächlich, dann reisse ich.

»Geh du«, sagt er. Ich nicke, tippe mir an den imaginären Hut, der mein Gesicht verdeckt, und gehe. Ich sitze oben am Tisch meines Lebens. Ich rieche am Keks und beisse nicht hinein, denn die Faszination des Ungegessenen ist grösser.

Auf dem Heimweg sehe ich sie. Und sie sieht mich. Wir bleiben stehen und starren einander an. Das schwarze Haar ist kurz, wirr, fettig. Sie hat massiv zugenommen. Das Gesicht sieht verbraucht und faltig aus, die Haut ist unrein. Und die Augen, die sind ganz matt und traurig.

»Du bist's«, sagt sie, kommt auf mich zu und schliesst mich in die Arme. Vorsichtig löse ich mich von ihr und sage: »Und doch bin ich's nicht.«

Wir lächeln. Jetzt sehe ich ein paar dünne Linien, Kratzspuren, nahezu unsichtbar, quer über ihrem Gesicht. Sie schaut mich lange an, dann sagt sie:

»Du bist schön.«

Sie fährt durch mein langes, glänzendes, blondes Haar. Mit ihren Fingern gleitet sie über mein Gesicht.

»Ich hätte nicht tauschen sollen.«

Ich lache. Die Kissenhülle.

»Du hast die Kerben über dem Po«, sage ich.

»Welche Kerben?«

Ich lache. Die Kissenhülle.

»Der Tausch war mein grösster Fehler«, sagt sie.

»Entscheidend ist nicht, welchen Körper wir bekommen, sondern wie wir damit umgehen.« Ich wende mich ab. Immer wende ich mich ab, das muss ich, sonst werde ich rostig.

Ich stehe am Leierkasten und drehe die Kurbel. Ich trage keine Schuhe, damit ich den Boden nicht verliere. Ich halte die Augen geschlossen, damit ich alles sehe. Lynn in ihrem Marmeladenglas sitzt zu meinen Füssen. Die Leierkastenmusik gefällt mir. Ich lächle.

Schritte kommen auf mich zu, ich höre schweren Atem, ich höre Tränen auf der Wange und das Beben von Nasenflügeln. Die Fremde bleibt stehen. Die Minuten verstreichen.

Manchmal, wenn ich ganz leise bin, bin ich sicher, dass ich kurzes, krauses Haar habe und ein dunkelhäutiger Mann bin. Und dann erst erkenne ich, dass ich ich bin.

»Gefällt dir die Musik?«, frage ich.

»Nein.«

»Du hast geweint.«

»Ja«, sagt sie. Und: »Ich habe einen Fehler gemacht.«

»Dann geh hin und mache ihn nie wieder, es sei denn, es war gar kein Fehler.«

»Warum fragst du mich nicht nach dem Fehler?«

Ich lächle.

»Wie kann man herausfinden, ob es kein Fehler war?«, fragt sie nach einigen Minuten.

»Indem man weitermacht«, sage ich, »und schaut, ob das Mosaik von weitem vielleicht doch Sinn ergibt. Zeitlicher, gedanklicher Abstand.«

Sie tritt um den Leierkasten herum und nimmt mich in den Arm.

»Wie soll ich weitermachen? Weiterleben mit diesem Fehler?«, flüstert sie in mein blondes, langes Haar.

»Nicht die Kurbel drehen und Klänge erzeugen. Nicht

nach dem höchsten Erreichbaren streben. Sondern: den Alltag meistern, das Kleinste bewältigen. Jeden Tag aufstehen. Jeden Tag leben, ohne sich vernichten zu lassen.«

»Danke«, sagt sie. Sie tritt zurück. Ich höre das Marmeladenglas zerbrechen. Ich spüre einen Stich auf dem Fussrücken.

Ich lächle.

Ich liebe mich.

Ich bin.

Ich schlage die Augen auf und weiss instinktiv, dass ich tot bin. So also ist er, der Tod, denke ich schmunzelnd und völlig schmerzfrei, fahre durch das schwarze, lange Haar, strecke die Gedanken aus.

vor freude
wurzeln schlagen
oberhalb
des erdreichs
unter
den gleissenden strahlen
der existenz

sich zuerst
in die erkenntnis
verkrallen
vertrauen gewinnen
den griff lockern
sanft umarmen
in alle
ewigkeit

der sonne
ins antlitz lachen
die sterne
streicheln
mit dem eigenen haar
tanzen

an der quelle
meines seins
sitze ich
und erkenne:
das leben
habe ich geküsst
der tod aber
küsst mich

ich bin

Gelb

Mit dem Zeigefinger malte er verschlungene Muster auf den beschlagenen Spiegel. Es faszinierte ihn, wie überall dort, wo er mit dem Finger das Kondenswasser wegwischte, Teile seines Gesichts zum Vorschein kamen, bruchstückhaft, von träge herunter rinnenden Wassertropfen zerschnitten.

Dann wischte er kurz und heftig mit der gesamten Handfläche über das Glas, hielt den Atem an, kniff die Augen zu und wartete, bis seine Lungen zu bersten drohten. Sparsam sog er nun Luft durch die Nase, langsam öffnete er die Augen.

»Eigentlich ist es gar nicht so schlimm«, wisperte er seinem Spiegelbild zu. Der Zeigefinger fuhr der Narbe entlang, die sich über die Wange zog. Jetzt nach dem Duschen kam sie ihm heller vor als nach dem Aufstehen, vielleicht täuschte er sich aber, vielleicht lag es einfach nur daran, dass seine Wangen vom heissen Wasser gerötet waren und deshalb die Narbe, die sich doch sonst wie ein hässlicher, roter Wurm über sein Gesicht zog, seltsam farblos schien.

»Was dauert das denn so lange? Hey, komm raus! Die Abmachung war: Du zehn Minuten im Bad, ich zehn Minuten im Bad! Warum schliesst du immer ab?« Heftig polterte Iris mit den Fäusten gegen die Badezimmertür. Er stellte sich vor, wie sie da stand; dick, ungepflegt, spärlich bekleidet. Genauso farblos wie die Narbe nach dem Duschen.

Er drehte den Wasserhahn voll auf und lauschte dem Geräusch des aus dem Hahn spritzenden Wassers. Beim Abfluss entstand ein kleiner Wirbel.

»Wer bist du?«, fragte er leise sein Spiegelbild. Gerade so, als hätte es da Antworten bereit, wo er nur Leere fühlte.

»Mach auf, verdammt noch mal!« Iris Schreie schmerzten ihn in den Ohren.

»Ich bin mir fremd«, wisperte er. »Mein Leben ist gross, rund und gelb geworden. Mit orangen Streifen an den Rändern.« Er lächelte über seine eigene Kuriosität und beobachtete dabei neugierig, wie bei eben diesem Lächeln die Narbe nach oben zu rutschen schien, nicht viel, aber doch einige Millimeter. Wie ein eigenständiges Lebewesen.

Ob er Marina anrufen sollte? Ein einziges, winziges Telefonat? Aber konnte nicht ein winziges Telefonat der Auftakt zu etwas Gigantischem sein, zu etwas, das er nicht mehr unter Kontrolle haben würde, das ihn wegschwemmen würde, fort ins dunkle Abflussrohr?

Iris polterte wieder an die Badezimmertür, und er drehte den Wasserhahn zu.

Er würde Marina anrufen. Sofort. Einfach darum, weil sein Leben jetzt gelb war. Weil er etwas anderes brauchte als die farblose Iris mit ihrem Gekeife. Vielleicht auch, weil er jetzt ein anderer war, weil er jetzt einer war, der auch eine Affäre haben konnte. Haben durfte.

Er streichelte zärtlich über die Narbe, schloss die Badezimmertür auf, trat splitternackt an Iris vorbei auf den Flur hinaus und bückte sich nach dem Mobiltelefon in der Tasche seiner am Boden liegenden Hose.

Dreimal klingelte es, bevor sie abhob und er ihre Stimme hörte. Eine Stimme, die ganz gut zu seinem gelben Leben zu passen schien.

Die Dame

1

Als kleines Mädchen habe ich so manches falsch gesagt: Konservendosis, Blumenbett, desinfektionieren. Und alle haben mich verstanden.

Lächeln und anmutig den Kopf neigen, den Blick schräg nach unten richten und die Woge des Schrecklichen über sich zusammenschlagen lassen.

»Ja«, sage ich, während die Wirklichkeit das Gehirn zerpflückt. Wie eine Brausetablette löse ich mich in den Bedürfnissen der anderen auf, lasse allenfalls eine leichte Verfärbung – meist ins Gelbliche – ihres Empfindens zurück.

»Ja«, wiederhole ich.

Auf dem Tisch steht eine ungeschickt modellierte, klobige Keramikfigur, in deren Sockel ›für Papa von Meli‹ eingeritzt worden ist. Eine Yuccapalme neigt sich vom Fenster weg, als sei ihr das Sonnenlicht zuwider.

Es erstaunt mich, dass ein Mann wie Robert Ausgaben von Schillers »Wallenstein« und Goethes »Faust« besitzt.

»Julia.« Robert seufzt und ringt theatralisch die winzigen Hände. Dass jemand, der so kleine Hände hat, ein Imperium führt, erscheint mir wie eine groteske Entkoppelung von Innerlichkeit und Äusserlichkeit.

»Ja – und deshalb möchten wir uns reorganisieren. Die Firma ganz neu strukturieren.« Roberts Augen huschen unstet umher.

»Verstehe«, sage ich.

Die Erleichterung verjüngt sein Gesicht; nicht einmal die entscheidenden Worte mussten ausgesprochen und begründet werden.

»Julia, bitte lasse dich davon nicht entmutigen. Ich werde dir ein tolles Zeugnis ausstellen. Du findest bestimmt bald wieder etwas, Leute wie du sind gefragt. Nur hier bei uns ...«

Leute wie ich.

Ich nicke und frage mir ruhiger Stimme: »Sonst noch etwas?«

»Nein, das wäre dann alles.« Eine dieser winzigen Hände kratzt über den ausrasierten Nacken; das Geräusch verursacht Gänsehaut. Roberts Blick verweilt auf der Tür schräg hinter mir.

Er meint, ich sei das Bauernopfer: notwendig, verkraftbar.

Ich erhebe mich. Ich bin sehr gross, mehr als einen Kopf grösser als Robert. Ich ergreife eine dieser winzigen, schwächlichen Hände und drücke sie kraftvoll.

In diesem Moment begreife ich: Ich bin die Dame und der König. Ich kann mich in alle Richtungen bewegen und bin die Essenz des Spiels. Ich beschütze mich und werde von mir beschützt. Ich bin die wichtigsten Figuren auf dem Schachbrett.

Ich packe die Keramikskulptur und schleudere sie in die Vitrine. Das Glas splittert, die schwere, gebundene Ausgabe von »Faust I« kippt.

Robert starrt mich mit leicht geöffnetem Mund an. Fauliger Atem schlägt mir entgegen. Ich frage mich, ob die Tatsache, dass er den goldenen Ohrring rechts trägt, mit seiner politischen Ausrichtung zusammenhängt.

»Jetzt«, sage ich und bin entzückt über die erholsame Sinnlosigkeit meiner Worte, »gehe ich in Golfklamotten Tennis spielen.«

Seine Augen weiten sich, ich muss lachen, drehe mich um und gehe gemessenen Schrittes aus dem Büro.

Francesca widert mich an. Ich sehe, wie sie eine Handvoll Sand in Lorenz' Gesicht wirft; dieser bricht in Tränen aus.

»Sie hat jetzt so eine Phase«, sagt meine Schwester Stephania mit mildem Tadel in der Stimme und wendet den Blick wieder von ihren beiden Kindern ab.

Es gibt Phasen, die dauern lebenslang, und Menschen, die haben immer Sand in den Augen.

Francesca kommt zu uns, verschränkt die molligen Ärmchen auf der Tischplatte, zieht Rotz hoch. Sie grinst; die Zahnstellung schreit nach einem Kieferorthopäden.

»Ich will ein Eis.«

Stephania schaut kurz zu mir, dann erwidert sie:

»Tante Julia begleitet dich bestimmt zum Kiosk und kauft dir eins.«

Lächeln und anmutig den Kopf neigen, die Dame sein, die Selbstbeherrschung sein. Nein, ich kann nicht. Das Herz hat Falten, welche die Stirn noch nicht zeigt.

Ich erhebe mich und gehe auf den Sandkasten zu.

»Da ist aber nicht der Kiosk!« Francesca stampft auf, doch dann folgt sie mir. Ich knie nieder, ergreife eine Handvoll Sand – ärgere mich darüber, wie viel ich kurz nach dem Aufnehmen bereits wieder verliere – und schleudere ihn Francesca ins Gesicht.

»Was machst du da?«, schreit Stephania. Francesca heult sirenenartig.

Ich grinse Lorenz an.

»Ups«, sage ich leise. Lorenz nickt mir anerkennend durch tränen- und sandverklebte Augen zu.

Ich will die Dame abstreifen, will sie nie wieder sein in ihrer Anmut und Eleganz, im Glauben, den Kern schützen zu müssen. Ich will nur noch der Kern sein, der König, mich selbst, böse, wütend, so wie es die Welt auch ist.

3

Ich betrachte Simon. Wie er die Spaghetti aufrollt, die Gabel zum Mund führt, schmatzend kaut, herunterhängende Reste in den Mund saugt. Er hebt den Kopf und lächelt mich an. Am Schneidezahn klebt etwas Grünes. Basilikum? Ich muss wegschauen.

»Und was hast du jetzt vor?«, fragt er.

Ich zucke mit den Schultern.

»Ich will dich ja nicht drängen, aber du solltest dich wirklich bewerben. Jemand wie du – «

»Wie ich?«

»Naja, ich meine, du hast gute Qualifikationen und so. Charakter. Du weisst schon.«

Leute wie ich. Leute in Schriftgrösse acht oder kleiner.

Simon trägt ein weisses Hemd. Ich erhebe mich und kippe das Rotweinglas über seinem Kopf aus.

»Für all die schlaflosen Nächte, die mir dein Schnarchen bereitet hat.«

Ich schnappe den Mantel und renne aus dem Restaurant. Bereits nach wenigen Augenblicken höre ich das Stakkato schneller Schritte hinter mir und bleibe stehen.

»Julia, wir müssen reden!«

Der Ausruf Simons lässt mir einen kalten Schauer über den Rücken laufen; solche Sätze sind der Auftakt zum Untergang.

»Worüber?« Ich drehe mich zu ihm um.

Er holt tief Luft. Die Stirn glänzt, die Handflächen sind mir entgegengereckt. Er riecht nach Verzweiflung und Hoffnung. Der Wein auf dem Hemd: wie Blut.

»Wie müsste der Mann sein, den du heiraten würdest?«

Das Herz fühlt sich plötzlich an wie ein kleines Saiteninstrument, eine Mandoline womöglich, über deren Saiten eine unmusikalische Person zart und voller kindlicher Neugier streicht. Ich hasse das Gefühl.

»Er« – und im Kopf haucht aus einem dunkeln Winkel eine neugierige Stimme ›oder sie‹ – »sollte mich von ganzem Herzen lieben. Und mir ermöglichen, ihn auch zu lieben.«

Ich wünsche mir jemanden, der mir hilft, mich selbst zu lieben. Absichtlich verlange ich das Unmögliche, um der Bindung mit glaubwürdigem Argument entgehen zu können.

Simon versucht, etwas aus der Tasche des Jacketts zu ziehen. Ich muss an den Comic mit dem Äffchen denken, das die Hand durch ein Loch im Zaun steckt, den Apfel ergreift und dann verzagt, weil die Faust mit dem Apfel nicht mehr durchs Loch passt.

Es gelingt Simon, das Kästchen aus der Tasche zu nehmen. Ich bin entsetzt.

»Liebes, willst du mich heiraten?«

Liebes?

»Ich heisse Julia.« Das Gehirn entgleitet mir.

»Julia, willst du mich heiraten?« Der Stolperdraht. Obwohl ich ihn gesehen habe, bin ich gestürzt. Ich verliere alles.

»Simon«, sage ich, denke an Rosenkohl. Möchte meine Worte über den Ring auf dem Samtkissen auskotzen.

»Simon, könnten wir nicht einfach wie bisher … Ich will nicht – «

»Warum nicht?«

Die Dame schweigt. Der König will nicht heiraten. Er kann nicht lieben; dafür ist sein Verstand zu geschärft, seine Beobachtungsgabe zu ausgeprägt.

Der Herzmonitor piept in regelmässigen Abständen. Ich versuche, das Geräusch zu ignorieren, ein gedankliches noise cancelling. Dieses wende ich oft an; die Welt wird immer lauter, und ich höre sie immer gedämpfter.

Die welke Hand, deren Farbton sich kaum merklich vom Laken unterscheidet, zuckt unberechenbar, während die Brust sich in schwerem Schnauf hebt und senkt. Obwohl Vaters Stirn schweissbedeckt ist, fühlt sie sich kühl an. Unter dem dünnen Tuch sind die schemenhaften Umrisse eines stark abgemagerten Körpers zu sehen, kaum in Relation zu setzen zu dem bärenstarken Mann der vorangegangenen Jahre.

»Julia.« Eine Stimme wie eine schwache Sommerbise.

So viele Arten, meinen Namen auszusprechen: Zart, schneidend, distanziert, umgarnend, ungeduldig, verblüfft, liebevoll, verzweifelt. Als bestünde mein Inneres aus vielen Splittern und jeder trüge einen zwar gleich geschriebenen, jedoch anders akzentuierten Namen. Ich bin mir selbst zuviel.

»Papa.«

Ich kann nicht nachfragen, ich sehe ja, wie es ihm geht. Angesichts fremden Sterbens fühle ich mich schuldbewusst: Die Weltenfabrik reorganisiert sich, die Zurückgeblieben strukturieren den Alltag neu, die Frage nach Zwischenzeugnissen taucht auf.

»Hast du mich je gehört?«, flüstere ich.

»Julia, ich habe dich immer gehört. Nur nicht immer verstanden.« Die tiefliegenden Augen nageln meinen Blick fest.

»Papa«, beginne ich und schäme mich; er stirbt, und ich weiss nicht, wie man lebt, »Papa, ich sehe keinen Ausweg. Sage ich, was ich denke, verliere ich die Menschen. Verschweige ich, was ich denke, verliere ich mich selbst.«

Er holt einige Male tief röchelnd Luft. Dann folgt ein

Hustenanfall, bei dem winzige Bluttröpfchen durch die Luft sprühen und der seinen ausgezehrten Körper mit brachialer Gewalt durchschüttelt. Über Vaters Brust ist das Laken mit feinen, roten Pünktchen gesprenkelt, und ich muss an die hauchdünnen, karmesinfarbenen Algen denken, die wir vor Ewigkeiten beim Schnorcheln im Mittelmeer gemeinsam bestaunt haben.

»Was muss ich tun?«, frage ich.

»Gar nichts muss man. Gar nichts ausser sterben.« Die welke Hand winkt resigniert ab.

Als Kind habe ich so manches falsch gesagt: Hortemsien, Indianerhäutling, Schwimmingpool. Und alle haben mich verstanden. Jetzt bin ich stumm.

Ich implodiere, ich kann nicht mehr, ich kann nicht mehr, alles ist Kern, des Pudels Kern.

Fast wie eine Matroschka, doch statt immer kleinere Figuren zu bergen, gewinnt bei mir das Schlechte nach innen an Grösse.

Ich habe die Dame abgestreift wie eine tote Haut. Habe sie der Welt geopfert. Der Kern allein gefällt mir nicht, liebt nicht, ist nicht lebenstauglich. Ich stehe auf dem schmalen Sims, der den Balkon umgibt. Ich bin nicht mehr beschützt. Schach. Schachmatt. Der König wird vom Brett gefegt. Weiss gewinnt.

Bettlägerige Geheimnisse

in schlaflosen nächten
klopft der tod
an unsere gedanken,
wir tischen ihm
eine wässrige, erkaltete
suppe
auf
– ohne fleisch –
und sitzen ihm
stumm
gegenüber

Beim Durchkämmen meines Gehirns bleiben Kannibalen, Irrlichter und bettlägerige Geheimnisse hängen. Mit spitzen Fingern klaube ich sie zwischen den groben Zinken des Denkens hervor und betrachte sie im Sonnenlicht, welches ihnen das Gespenstische raubt und stattdessen ein goldenes Röckchen überzieht.

»Ich bin perfekt, weil ich nicht sage, ich sei perfekt wegen meiner Imperfektion.« Manu grinst. Aus Platzmangel hatte sich schon vor Jahren ein Eckzahn über einen ihrer Schneidezähne geschoben. Ich muss immer an siamesische Zwillinge denken.

»Ich habe ein grosses Vakuum in mir«, sage ich und drehe Manu wieder den Rücken zu. Mit runden, kindlichen Buchstaben schreibe ich das Programm des nächsten Tages an die Wandtafel.

»Ja«, sagt Manu. Die Kreide kreischt. Etwas in mir tut schrecklich weh. Es ist, als würde man mir ins Hirn zwikken. Gefühle fangen bei mir nie im Herzen an.

Manus Haare sehen spröde aus. Manchmal denke ich, dass ich Manu mag, weil sie nichts aus sich macht. Das fasziniert mich; sie versucht keinem zu gefallen. Ich schminke mich täglich. Das Leben ist für mich eine Talkshow: Ich bin backstage, habe Angst, weine, trete dann auf die Bühne und lächle das strahlende Siegerlächeln eines Teilzeitverlierers. So ein Lächeln kriegt man nur hin, wenn man die unbemalte Hälfte auch gesehen hat. Charmant beantworte ich die Fragen des Talkmasters, moduliere die Aussagen bewusst mit der Stimme, untermale meine Überlegungen mit grossen, selbstbewusst wirkenden Gesten.

Ich bin erleichtert, dass ich nicht mit den Kids skifahren muss, sondern nur für das Morgen- und Abendprogramm zuständig bin.

»Mein Damian-Vakuum«, sage ich. Ich höre Manus Schritte. Sie fegt ein Etui von der Schulbank. Ich stelle mir vor, wie sie das linke Bein etwas eindreht, in die Knie geht und das Etui aufhebt. Ihr Gesicht wird dabei bestimmt ganz rot. Ich schliesse die Augen und tippe mit der Kreide einige Male an die Tafel. Das Bild zieht sich aus dem Hirn zurück.

»Crap«, sagt Manu. Ich bin mir nicht sicher, ob sie das Etui meint oder das Vakuum. Dann: »Du hast das Richtige getan.«

Ich nicke.

»Magst du auch einige Schüler mehr als andere?«, frage ich.

»Klar. Hauptsache keiner kriegt's mit.«

Vielleicht bedeutet das Wort Lehrkraft, dass man nur so lange lehren kann, wie man voller Kraft ist.

»Das Vakuum wird irgendeinmal passé sein«, sagt Manu leise. Das habe ich auch geglaubt. In mir ist ein grosser, leerer, weisser Raum gewesen. Kein quadratischer Grundriss, das hätte ich gemocht. Ich habe damit begonnen, die Wände mit Fingerfarbe zu bemalen, um dem Weissen zu entgehen. Mittlerweile habe ich meterdick Farbe aufgetragen, so dass der Raum ganz klein geworden ist, ich weiss nun gar nicht mehr so recht, wie er vorher ausgesehen und sich angefühlt hat. Ich kann nicht mehr aufrecht darin stehen. Und wenn ich in diesem Raum rede, klingt die Stimme gespenstisch gedämpft.

»Ich bin ein Magnet. Ich hafte nicht überall«, sage ich. »Ich wünschte, ich könnte überall haften.«

»Es ist besser, wenn man nicht überall haftet«, entgegnet Manu. »Das macht Magnete faszinierend.«

»Aber nur für Kinder.«

Ich bin begeistert von der Tatsache, dass ich Manu Ideen zuwerfen kann, und sie fängt sie, transformiert sie in etwas Bunteres, Strukturierteres. Dann schmettert sie das neu Entstandene in meine Richtung; dabei erweist sie sich als toller Pitcher, ich mich als mittelmässiger Batter. Manu ist ein Innerlichkeitsmensch oder wie man das nennen soll. Sie glänzt nach innen, wirkt spröde und verbraucht nach aussen.

Am Rande des Dorfes, aus dem ich komme, gibt es einen Mischwald. Von meinem Zimmerfenster aus sehe ich die zwei Kiefern, welche die Laubbäume überragen. Ich glaube, wenn ich ein Baum wäre, wäre ich eine dieser Kiefern; ein bisschen höher als die andern Bäume, aber nicht aus einem Konkurrenzgefühl heraus, sondern aufgrund des Bedürfnisses nach einer unversperrten Sicht.

der bilderrahmen
ist zu eng,
für die wand
bin ich zu nackt,
ich klammere mich
an den reissnagel,
kälte kriecht mir
über den rücken,
ich senke
den blick
meiner gedanken
und sehe am boden
eine tote spinne

Das Geräusch ist unbeschreiblich. Die Lawine ist direkt über die Lagerhütte hinweg gedonnert. Vor den Fenstern ist alles schwarz geworden. Die Neonlampen flackern, dann stabilisiert sich das Licht wieder. Die Decke gibt knackende Laute von sich. Manu starrt mich an. Wenn die Hütte einstürzt, sind wir beide tot.

»Was tun wir jetzt?«, flüstert Manu. Ich fühle mich, als hätte ich ein pelziges Tier verschluckt.

»Ruhig bleiben«, sage ich und spüre die kraftvollen, schnellen Schläge des Herzens. »Die finden uns bestimmt. Wir sind ja nicht irgendwo, wir sind noch immer in dieser Hütte. Wenn die kombinieren können, dann…«

Manu lacht unsicher. »Sogar die ›Drei Fragezeichen‹ könnten das Rätsel über unseren Verbleib lösen.« Ich lache.

Das Licht erlischt. Ich stehe unbeweglich, damit mich die Dunkelheit nicht anrempelt.

»Wo bist du?«

»Hier«, sage ich und wedle mit der Rechten.

Scharrende Geräusche, eine Berührung. Manu umarmt mich.

»Was machen wir jetzt?«, wispert sie in mein Haar. Die starke Manu ganz schwach. Ich wachse, der Herzschlag wird ruhig. An den meisten Tagen fühle ich mich wie ein Stück Seife; jeder wäscht die Hände und lässt mich schwinden. Das Gefühl ist weg.

»Wir werden ersticken.«

»Nein«, sage ich, »der Raum ist sehr gross.«

Wir tasten uns zum Lehrerpult, setzen uns darauf und lassen die Beine baumeln. Ich fühle mich seltsam gelöst und erleichtert. Der Alltag ist in unerreichbare Ferne gerückt. Der Kopf fühlt sich an, als sei er mit Helium gefüllt; wäre er nicht mit dem Hals verwachsen, würde er entschweben. Und ich würde es zulassen.

»Sag was.«

»Was?«, frage ich.

»Irgendwas.«

»Ich habe eine To-Read-List. So eine Liste mit Büchern, die ich bis zum Tod unbedingt gelesen haben muss. ›Schilten‹. ›Andorra‹. ›Stiller‹. ›Zündels Abgang‹. ›Endspiel‹. ›Die Angst des Tormanns beim Elfmeter‹. ›Die Wand‹. ›Der Golem‹. ›Der Prozess‹.«

»Denkst du, wir werden sterben?«

»Nein«, sage ich laut.

»Ich dachte nur, weil du das so gesagt hast – bis zum Tod.« Und nach einer Weile: »Zum Glück sind die Kids nicht da.«

»Einigen würde es gut tun.« Wir lachen.

Wir sind gewiefte Gastgeber. Kommen Gesandte des Todes vorbei, so lassen wir sie ein und bewirten sie, wie es die Höflichkeit gebührt, aber nicht so, dass es ihnen zu sehr behagt. Manchmal spielen wir mit ihnen »Eile mit Weile«. Die irgendwie boshaft wirkende Geduld der Gesandten macht uns nervös.

beim klavier
im hirn
liegen alle
schwarzen tasten
direkt nebeneinander,
wirre klänge
verbeissen sich
in die ohrmuschel,
ich gehe unter
in ihrem
tosenden schweigen
und schreie
wortlos
zurück

Alle Menschen haben in sich einen Teil, der defekt ist. Dafür muss man sich nicht schämen, im Gegenteil, man muss diesen Teil pflegen, denn nur durch ihn sind wir Menschen voneinander unterscheidbar.

»Wie geht es dem Vakuum?«

Instinktiv will ich mir an den Hals greifen, führe die Bewegung jedoch nicht zu Ende.

»Gut, danke der Nachfrage.«

Im nächsten Leben möchte ich ein Ohrring sein. Ein kleiner, unauffälliger aus rostfreiem Edelstahl, einer, den man problemlos zum Schlafen und Sportmachen tragen kann. Einer, dessen Anwesenheit man kaum mehr bewusst wahrnimmt, dessen Abwesenheit jedoch schmerzlich bemerkt würde. Einer, der nicht fühlen muss, der leblos ist.

Das Display von Manus Mobiltelefon leuchtet auf. Der Schein verleiht ihrem Gesicht einen ungesund grünlichen Farbton.

»Kein Empfang«, sagt sie.

»Logisch«, sage ich und wundere mich trotzdem, dass wir nicht schon früher nachgeschaut haben. Wir blicken beide auf das Display. Knapp zwanzig Minuten sind vergangen seit dem Niedergang der Lawine.

»Ich weiss nicht, wie lange ich Lehrerin sein werde«, sagt Manu. »Wahrscheinlich mach ich mal was anderes.«

»Ich auch«, sage ich lahm, nicke und denke, dass meine Fähigkeiten nirgendwo gebraucht werden.

Ich möchte tanzen. Die Augen schliessen, damit die Dunkelheit der Lagerhütte kraftlos erscheint gegen die Dunkelheit im Kopf.

Bettlägerige Geheimnisse sind die unbequemsten. Die anderen haben eine gewisse Dynamik, eine Selbstständigkeit; sie kommen und gehen, wie es ihnen passt. Man kann sie hüten und pflegen, kann sie aber auch einfach zur Hintertür hinaus scheuchen. Bettlägerige Geheimnisse muss man umsorgen. In ihrer Unfähigkeit zu gehen, schränken sie einen das ganze Leben lang ein.

Ich muss die Gedanken genau betrachten, eine grosse Welle finden, auf das Surfbrett steigen, bevor die Welle bricht, mich tragen lassen bis zum Strand, glücklich und erschöpft auf den Sand fallen, während die Sonne über den Neopren streichelt. Oder muss ich am Strand stehen und die Gedanken anstossen, damit sie endlich davonsegeln können?

Das Meer in mir liegt ganz ruhig und glatt da. Nahtlos geht es in den Himmel über; der Horizont ist unsichtbar. Wenn ich jetzt sterben würde, würde ich verloren gehen zwischen Meer und Himmel. ›Noch nicht, bitte nicht‹, ruft das Kind in mir, während die Erwachsene ihm mit dem Handrücken einen schnellen, harten Schlag auf den Mund verpasst.

»Wir könnten graben«, sagt Manu. Ich muss an Robinson Crusoe denken und daran, wie viele Tage knochenharten Arbeitens er in die Erstellung einer hölzernen Schaufel gesteckt hat.

»Womit?«

»Mit den Händen.«

»Sie würden erfrieren«, sage ich und ertaste mit der Linken die Rechte, als wäre sie ein fremdes, eigenständiges Wesen. Ich greife in die Hosentasche, hole das Mobiltelefon hervor und beleuchte mit dem Display die Umgebung. Auf dem Fenstersims steht eine gläserne Schale, gefüllt mit herbstlicher Deko. Ich stehe auf, ramme mit dem Schenkel eine Tischkante, fluche innerlich, bekomme endlich die Schale zu fassen und schütte die Deko aus. Das Display erlischt. Manu öffnet das Fenster. So sieht es in mir aus, denke ich: Ich öffne ein Fenster, und vor mir liegt dunkle, undurchdringliche Kälte. Ich sehe nichts, als wäre alles weg, aber ich weiss, dass nur Schnee mich vom Leben, Lachen und Tanzen trennt. Hätte ich genug Wärme, könnte ich den Schnee aus mir heraus schmelzen.

»Ich zuerst«, sage ich, knie auf die Fensterbank, packe die Schale mit beiden Händen und beginne Schnee in den Raum hinein zu schaufeln. Das Atmen bereitet Mühe; die Luft ist so schrecklich kalt. Alles erscheint mir zufällig; die Wahl des Fensters, des Hilfsmittels und auch die Schräge, mit der ich nach oben grabe. Ich habe Angst vor dem Denken. Das Denken wird manchmal so dominant im Kopf, dass das Gehirn kaum noch Platz findet; es zieht die Knie an die Brust und verkriecht sich im hintersten Winkel.

die hände
ins gehirn tauchen,
zu fäusten ballen,
kabel und stecker
herausreissen,
achtlos wegwerfen,
weiter wühlen,
irgendwo ganz hinten
etwas finden,
nicht verstehen,
was es ist
und es genau darum
zerstören
oder unberührt
lassen

Meine Rationalität und meine Emotionalität sind seit jeher eng befreundet. Zwischen ihnen fliesst ein Fluss. Die beiden reichen sich die Hände über das Gewässer hinweg. Wenn der Fluss schmaler wird, tauchen ihre Hände ins kalte Nass. Die Kälte pflanzt sich dann in ihren Armen fort, kriecht über die Schulter bis ins Hirn und lähmt. Wird der Fluss breiter, so sind die Arme der Rationalität und der Emotionalität schmerzhaft gespannt, manchmal drohen die Finger einander zu entgleiten. Aber es gibt Zeiten, da ist die Breite des Gewässers ideal; die Hände sind locker verschränkt und im Trockenen.

Die Rationalität hat seit Geburt einen sportlichen Körperbau; kräftig, breitschultrig, athletisch. Die Emotionalität hat früher eher zart und unterentwickelt gewirkt. Viele Stunden Training sind nötig gewesen, um ihren Körper in Form zu bringen. Mittlerweile strahlt sie eine feingliedrige, schlichte Kraft aus.

Ich weiss nicht, was passiert, wenn sich die beiden einmal verlieren sollten. Sie stehen einander so nahe – ich glaube, der Untergang des einen wäre zugleich der Untergang des andern. Manchmal wenden sie sich die Gesichter zu und lächeln einander scheu und zugleich schelmisch an, und dann merke ich erst, wie viel sie sich gegenseitig bedeuten und wie sehr sie sich vertrauen. Es bedarf keiner Worte zwischen ihnen, alles ist gesagt durch die Berührung der Hände. Als wären sie ein einziges Gebilde, ein einziges Gewächs.

Manu fragt:

»Bist du gläubig?«

»Nope«, sage ich und krame einen M-Budget-Kaugummi aus der Hosentasche. »Du?«

»Schon ein bisschen, ja.«

»Ich wünschte«, sage ich, »ich könnte gläubig sein. Aber wenn ich höre, man soll da so einen Gott lieben, uneingeschränkt, dann – sorry, aber das kann ich nicht. Ich kann doch nicht lieben, was ich nicht sehe, spüre. Das wäre, wie wenn dir da einer sagt: Hey, liebe den kleinen Pedro in Spanien, du kennst ihn zwar nicht, wirst ihn auch nie sehen, aber du musst ihn jetzt mehr lieben als deine Familie.«

Manu lacht. Unsicher. Sie gräbt nicht mehr.

»Und«, will sie wissen, »wenn es jetzt einen Gott gäbe und du nach dem Tod vor dem Himmelstor stehst… was würdest du sagen?«

»Ich würde sagen: War es kompliziert, Krebs zu erfinden, oder ging das ganz blitzartig und nebenbei?«

Manu lacht. Unsicher. Sie gräbt wieder. Nach einer Weile meint sie:

»Ich würde sagen: Bitte schau mich nicht an, ich bin ungeschminkt.«

Ich fahre mir über das Gesicht. Innerlich blättert eine Tapete ab. Ich frage mich, ob Tränen im Dunkeln rot sind. Keiner ist da, der mich die Hände der Rationalität in die Wunden legen lässt.

schwarz
zugeteilte farbe
ganz zu beginn
einer konturlosen, schmerzhaften existenz,
auflösung

Ich bin so erschöpft, dass ich kaum noch die Schale halten kann.

»Ich bin dran«, sagt Manu. Das Display leuchtet auf. Manu schiebt mich zur Seite, nimmt mir die Schale aus der Hand und verschwindet bis zur Hüfte in dem steil aufwärts führenden Gang. Es wird zunehmend mühsamer, den Schnee am eigenen Körper vorbei in den Raum hinein zu schaufeln. Ich bin mir nicht sicher, ob unser Vorgehen sinnvoll ist. Ich könnte mich in eine Ecke setzen und konzentriert über eine Lösung nachdenken, aber ich habe Angst, dass ich erkennen würde, wie viel Zeit wir bereits verschwendet haben und welch sinnentleerte Arbeit wir durchführen.

Das Denken kann ich ausknipsen, wenn ich merke, dass ich auf einem Irrweg bin, aber bereits viel zu lange unterwegs, um ein Umkehren überhaupt in Betracht zu ziehen. Ich folge den Irrlichtern laut und falsch pfeifend mit zügigem, festem Schritt und beobachte, wie die zweifelnden Gedanken gefressen werden von ihren stummen oder naiven Brüdern und Schwestern. Natürlich gibt es Gedanken, die ich vor diesem kannibalischen Akt schütze; es gibt Gedanken, für die ich ein Reservat angelegt habe, und dort lasse ich sie unbehelligt leben. Ein Leben, geschützt durch die Umzäunung und zugleich von ihr beschränkt.

Ich taste mich zum Lehrerpult, setze mich und lausche dem scharrenden Geräusch, das Manus Arbeit verursacht. Irgendwann muss ich eingenickt sein, denn als ich plötzlich wieder aufschrecke, herrscht Stille.

»Manu?« Keine Antwort. Ich suche nach dem Mobiltelefon, finde es nicht, stehe auf und bewege mich vorsichtig Richtung Fenster. Ich ertaste Manus Beine und ziehe sie aus dem gegrabenen Gang auf den Fenstersims. Auch ihr Mobiltelefon kann ich nicht finden. Die Dunkelheit pocht an die Stirn, und ich muss ein wenig weinen.

Manus Gesicht ist kalt. Ich fasse ihr versehentlich ins Auge; es ist offen und reagiert nicht auf die Berührung. Als ich das Ohr an ihre Brust lege, finde ich meinen Verdacht bestätigt: Tot. Einen Moment lang bin ich schrecklich irritiert; ich weiss gar nicht, was ich jetzt fühlen müsste. Trauer? Entsetzen? Angst? Ich fühle teilweise geschmolzenen Schnee im Herzen, einen rostigen Nagel im Hirn und ein ungewöhnliches Pochen im rechten Arm. Seit ich denken kann, ist Manu meine Freundin gewesen. Vielleicht sollte ich jetzt laut weinen? Oder beten? Die Augen schliessen möchte ich ihr nicht; es könnte sein, dass sie es lieber hätte, wenn sie offen bleiben. Ich finde auch, dass es nicht mein Recht ist, mit dem Schliessen der Augen einen Akt durchzuführen, der vorher ausschliesslich in ihren Aufgabenbereich gefallen ist. Manu vor Gott: ungeschminkt, aber mit offenen Augen.

»Tja, Manu«, höre ich mich sagen, »da hast du mich ganz schön im Stich gelassen, was?« Der Klang der eigenen Stimme tut gut. »Wirst wohl zu wenig Sauerstoff gehabt haben in dem schmalen Gang, und so bist du klammheimlich erstickt. Oder vielleicht doch erfroren? Mach dir keine Vorwürfe, hätte auch mir passieren können, ehrlich. Klar weiss ich, dass es nicht deine Art ist, mich hängen zu lassen, logisch. Werd ich dir auch nicht nachtragen. Vorwürfe wird's von meiner Seite nie geben, versprochen. Was meinst du, soll ich den Telefonjoker nehmen und einen beliebigen Erdenbürger fragen, was ich tun soll? Oder einen Himmelsbürger? Ob ich Gott anrufen soll? So in der Art: ›Lieber Gott, hör mal, ich sitze ganz schön in der Klemme, hab auch ein bisschen kalt, könntest du mir bitte helfen?‹«

Plötzlich reisst etwas im Kopf auf. Ich beginne so heftig zu schluchzen wie schon seit Jahren nicht mehr. »Heulsuse!«, keuche ich mehrmals zwischen den Weinkrämpfen. Die Wolkenfronten driften langsam aber stetig auseinander und lassen ein hellblaues Stück Himmel frei. Ich weine, bis das freigelegte Stück so gross geworden ist, dass ich mir ein Gesicht darin vorstellen kann.

Ich lache ein bisschen. Ich muss an den Weihnachtsbaum im Wohnzimmer des Elternhauses denken und weine wieder. Dann ist das Tränenreservoir leer.

»So, so«, sage ich ganz laut und energisch in den leeren Raum hinein. Ich packe Manus Fussknöchel und ziehe ihren Körper von der Fensterbank. Ein hässliches Geräusch entsteht, als ihr Kopf auf dem Boden aufschlägt.

»Sorry«, murmle ich und schliesse das Fenster.

es klopft,
ich öffne,
etwas kommt herein,
etwas geht hinaus,
eine rochade
mit unbekanntem
ausgang

Ich streife durch den Raum, streiche über Begrenzungen. Schranktür, Schranktür, Schranktür, Schranktür, Wand kurz, Fens-ter-front, Wand-Wand-Wand-Wand, Tür, Wand-Wand-Wand-Wand-Wand. Und auf in die nächste Runde. So ist das Leben. Immer im Kreis. Trotzdem fühlt sich jede Runde anders an, jedes Mal entdecke ich Neues. Nicht, dass das speziell gut wäre. Ich fände es auch okay, wenn sich jede Runde gleich anfühlen würde, dann könnte ich das Denken einstellen und würde weniger schnell altern, mich vielleicht sogar verjüngen.

Ich frage mich oft, welche Beziehung Schriftsteller zu ihren Figuren haben. Vermutlich sind für einen Schriftsteller die von ihm erschaffenen Figuren wie ein Strauss bunter Luftballons. Bei manchen umklammert er die Schnur dicht unter dem Ballon, andere hält er am äussersten Ende des Fadens. Alle Ballons sind gezwungen, in der Nähe des Schriftstellers zu verbleiben; im Radius seines Intellektes und seiner Kreativität. Warum nicht die Faust öffnen und die Ballons entfliegen lassen? So wie Eltern ihre Kinder entfliegen lassen. Ob es die Furcht des Schriftstellers ist, die Ballons würden zu hoch fliegen und aufgrund des Luftdrucks zerplatzen? Oder sie würden sich in Zweigen verheddern und an einer ungeplanten Stelle – vielleicht sogar für immer – verweilen? Oder ist es Eitelkeit? Das Geschaffene nicht gehen lassen können, im Gegenteil: sich von seinen Kreaturen wünschen, dass sie einem huldigen?

Gott ist Schriftsteller.

Ich werfe die Gedanken über Bord und greife nach dem Taschenmesser. Der Fingernagel bricht, als ich es öffne. Mit der Linken ramme ich mir das Messer in die Handfläche der Rechten. Der Schmerz küsst den Nacken und lässt Hühnerhaut auf dem Rücken zurück. Ich glaube, ich habe irgendeinen wichtigen Nerv erwischt. Ich kann die Hand nicht mehr zur Faust ballen. Die Finger fühlen sich an wie entkoppelt. Die Hand ist offen, sie muss jetzt nehmen und geben.

Ich bin überrascht, dass sich das Blut so kalt anfühlt. Ich taste mich durch völlige Dunkelheit zu Manus Leichnam, erfühle ihr Gesicht mit der unverletzten Hand und tropfe dann mit der andern Blut über ihre Augen.

»Weil du deines beim Sterben behalten, ja sogar versteckt hast«, flüstere ich.

ich glaubte,
im kreis zu gehen,
jetzt erst
– aus der ferne –
erkenne ich
die spirale,
aufwärtsführend

Ich lege mich auf eines der Schülerpulte. Es fühlt sich genauso an wie das Lehrerpult.

Ich lache und weine dann. Die Konturen meines Lebens verwischen; sie sind wasserlöslich.

Ich spüre den Arm nicht mehr. Vor ein paar Minuten habe ich eine kleine Menge Schnee gegessen. Hunger habe ich kaum, ich habe es aus Langeweile getan.

Ich warte. Die Augen fühlen sich ganz schwer und alt an. Ich mache sie zu, damit sie keine Angst mehr haben müssen. Der Körper ist zerrissen.

Ich gleite dem Traumland entgegen. Das Bild eines bunten Plastikbaggers taucht vor dem inneren Auge auf und zieht sich dann wieder zurück. Ich ziehe mich auch zurück. Das Gehör schalte ich jedoch noch nicht aus. Für alle Fälle.

Ich höre plötzlich Geräusche: ein Rufen, ein Scharren.

»Lasst mich«, sage ich, vielleicht habe ich es aber auch nur gedacht.

Lärm nähert sich. Ich weiss nicht, ob er von innen kommt oder ob er zur äusseren Welt gehört. Ich rolle mich zusammen.

Über die Autorin

Mirjam Richner, 1988 in Aarau geboren, wuchs in Unterentfelden auf. Nach Abschluss des Studiums an der Pädagogischen Hochschule begann sie ihre Unterrichtstätigkeit an der Oberstufe in den Fächern Deutsch und Mathematik.

Mirjam Richner veröffentlicht seit 2009 Kurzgeschichten. Sie erhielt 2010 einen Förderbeitrag vom Aargauer Kuratorium und nahm 2012 an den Tagen der deutschsprachigen Literatur in Klagenfurt teil.